「ぁっ、あ、あ──」

　つい先日、恥ずかしいと思った声が口からひっきりなしにこぼれて落ちる。

体の中に響く自分の声が恥ずかしさを更に煽っていって、逃げ出したい気分になった。

口を塞ごうとするシェインの両手は、ランフォードに
指を絡ませるように摑まれてしまって使えない。

「ぁ、っ、ぅ、ランス──」

　自分でもそうと分かるぐらいたどたどしい音で呼べば、
ランフォードの新緑色の瞳が細められる。

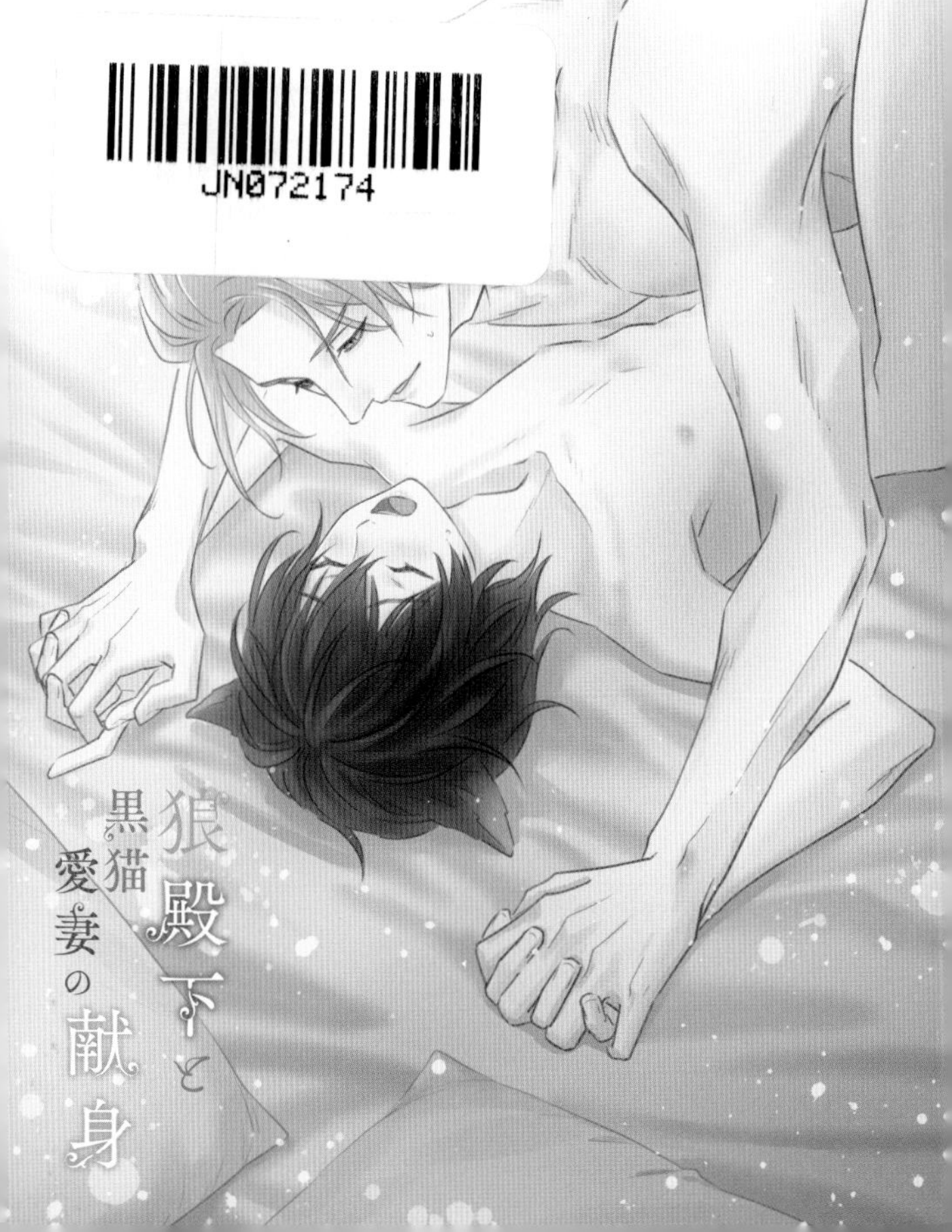

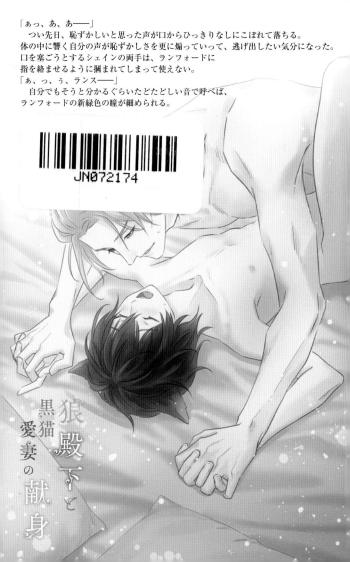

狼殿下と黒猫愛妻の献身

貫井ひつじ

24120

角川ルビー文庫

目次

口絵・本文イラスト／芦原モカ

第一章

「すき」

夜の静寂《せいじゃく》に響《ひび》く自分の声。

放った短い言葉を胸の中で何度も確かめるようになぞっている内に、シェイン・フェイ・ルアーノの菫色《すみれいろ》の瞳《ひとみ》はとろんと熱を帯びて蕩《とろ》けた。

「ランス、すき」

愛称《あいしょう》を囁《ささや》けば、伴侶《はんりょ》の新緑色の瞳が細められた。

心にある気持ちと、音にした言葉がぴったりと重なっている。ただ、それだけのことが楽しくて嬉《うれ》しい。満たされた感情に浮《う》き立つ心に誘《さそ》われるまま、シェインは伴侶の端整《たんせい》な顔に唇《くちびる》を寄せた。

ちゅ、と拙《つたな》い音を立てながら、額やこめかみ——鼻先に顎《あご》と好き勝手に口づけていると、新緑色の瞳が微《かす》かに眇《すが》められて、小さな溜息《ためいき》が聞こえた。

「……シェイン」

何かを堪《こら》えるように名前を呼ばれて、きょとんとシェインは瞬《まばた》きをする。

「ランス？」

どうしたのだろう。

そんな問いの代わりに愛称を呼べば、シェインの伴侶——ランフォード・フェイ・ルアーノが何とも形容し難《がた》い表情を浮かべて、シェインの体を持ち上げた。

王城内にある王弟《おうてい》の住居として与《あた》えられた居城は、念入りな冬支度《じたく》のお陰《かげ》で冷え込む夜だというのに暖かい。石造りの暖炉《だんろ》の中では赤々とした火が燃えていた。

シェインお手製の故郷の味――たっぷりの野菜と骨付き肉を煮込《にこ》んだスープと、パン。蒸《ふ》かして潰《つぶ》した芋《いも》に乾燥《かんそう》させて保存していた香草《こうそう》を少量混ぜ込んで捏《こ》ねてから揚《あ》げたものを副菜に、二人とも夕飯を済ませている。今は寝《ね》るまでの憩《いこ》いの時間で、二人は寄り添《そ》って居間の長椅子《ながいす》に座っていたところだった。

ランフォードは、シェインとの時間を殊《こと》の外大事にしてくれる。

しかし、王弟であり国一番の騎士《きし》であるランフォードの仕事は多い。ランフォードの休日の他《ほか》に、ゆっくりと二人で過ごすことが出来るのは必然的に夜になる。

そんな夫妻の時間は、最近シェインの言葉の練習の時間に充《あ》てられていた。

声の出ない王弟妃《おうていひ》。

そのシェインの喉《のど》が、ほんの少しだけ音を取り戻《もど》したことを知っている者は、当事者である王弟夫妻を除けば、王城に勤める老医師のダルニエだけだ。

どういう仕組みか分からないが、シェインが声を発することが出来るのは、ランフォードと二人きりの時だけなのだ。

他の者に呼びかけられても、呼びかけに応《こた》えることが出来ない。

王城の者たちは、国王夫妻を筆頭に猫獣人《ねこじゅうじん》であるシェインを温かく見守ってくれている。そんな優《やさ》しい人たちを無闇《むやみ》に期待させるような真似《まね》はしたくないから、きちんと声が出せるようになるまで、秘密にしておいて欲しい。

そんなシェインの我が儘《まま》を、二人は叶《かな》えてくれている。

最初はランフォードの愛称をたどたどしく呼ぶのが精一杯《せいいっぱい》だったが、最近はランフォードの名前も、簡単な挨拶《あいさつ》もすんなりと口に出して言えるようになって来た。

相変わらずランフォードの掌《てのひら》に文字を介《かい》して言葉を交《か》わすことも多いけれど、眠《ねむ》りから醒《さ》めて一番に見えた新緑色に、そのまま「おはよう」の言葉を伝えることが出来るのは、シェインにとって想像していたより何倍も嬉しいことだった。

いってらっしゃい。

おかえりなさい。

いただきます。

ごちそうさま。

おやすみなさい。

ありがとう。

日々の生活にそっと寄り添ってくれる言葉。

顔を合わせた伴侶に、それらの言葉を伝えるのが、シェインのここ最近の何よりの楽しみだ。

口に出すことの出来ないシェインの気持ちも、大事に拾い上げてくれるランフォードだからこそ、形にして届けられることが何より嬉しい。

そんな思いで口にした「すき」という言葉に、ランフォードが難しい顔をしているのに、シェインは首を傾《かし》げた。

ランフォードの膝《ひざ》の上に向かい合うように乗せられて、新緑色の瞳と正面から目が合う。

しばらくの沈黙《ちんもく》。

それから、噛《か》みつくような勢いで唇を塞《ふさ》がれた。シェインが相手の顔に落としていた口づけが、子どもの戯《たわむ》れに思えてしまうような、深く濡《ぬ》れた——大人のそれ。

驚《おどろ》きにシェインの黒い尻尾《しっぽ》が、ぴんと真っ直《す》ぐに伸《の》びて固まる。そんなシェインの体の強《こわ》ばりを解《ほぐ》すように、ランフォードの大きな掌が体を支えて、もう片方が体の線を器用に撫《な》でる。

途端《とたん》に、丸まった尻尾が甘えるようにランフォードの腕《うで》に絡《から》みつく。

ようやく唇が離《はな》れたのは、舌の根本まで舐《な》め尽《つ》くすような口づけに、はふはふとシェインが苦しそうに浅い呼吸をするようになってからだった。顔から首までが赤く染まって、菫色の瞳には水の膜《まく》が張っている。そんなシェインの赤い舌を名残惜《なごりお》しげに吸ってから、ランフォードがシェインの体を腕の中に大事に抱《かか》え込んで言った。

「いつの間に、その言葉を？」

その質問が、先ほどシェインの放った「すき」に向けられていることに気付いて、差し出された掌にシェインは言葉を綴《つづ》る。

きょうの、あさ。

ランフォードを送り出した後。

シェインの紡《つむ》ぐ拙い挨拶を受け止める時、ランフォードの新緑色の瞳は優しく細められる。共に暮らす場所の家事をこなしながら、何度も何度も見てきたその顔を思い出して、好きだなぁと思っている内に、胸の中にその気持ちがいっぱいになって、口を動かしてみれば自然と、その言葉が音になって転がり出ていた。

朝の出来事を指先で綴れば、根気強くシェインの言葉の終わりまで付き合ったランフォードが溜息を吐《つ》いて、シェインの体を正面から抱《だ》き締《し》めた。何かを堪えるようにランフォードが深く吐《は》いた息が、首にかかってくすぐったい。

「ランス？」

シェインが一つ言葉を習得する度《たび》に、ランフォードは新緑色の瞳を優しく細めて、祝福するように唇を落としてくれる。日頃《ひごろ》そうしてくれる相手に素直《すなお》な好意の言葉を届けられるようになった喜びで舞《ま》い上がっていた心に、ふと不安が過《よぎ》る。

いつもと違《ちが》う伴侶の様子に、おろおろとするシェインを抱き締めたまま、ランフォードが唐《とう》突《とつ》に口を開いた。とても低い声で言う。

「明日《あした》、食事の支度も片づけも私がする」

――？

「掃除《そうじ》は、君が毎日してくれているから一日ぐらい休んでも問題はない。義姉上《あねうえ》のところで刺《し》繡《しゅう》を教えるのは――私から義姉上に断っておく。マリーやサラたちにも、きちんと詫《わ》びを入れる。私の明日の仕事は書類を、ここに運び込めば十分にこなせる」

唐突に口にされた明日の予定に戸惑《とまど》って、シェインは瞬きをした。

そこで一息吐いたランフォードが、ぐいと腰《こし》を押しつけてくる。

シェインはそれに目を見開いて、顔を赤くする。

硬《かた》くて熱く猛《たけ》ったものがそこにあった。

相手と恋仲《こいなか》になって夫婦《ふうふ》になってから、随分《ずいぶん》と経《た》つ。なので、さすがに相手の言わんとするところは分かる。

——これから一晩かけて抱き潰して良いか、というお伺《うかが》いを立てられている。

その事実に、堪《たま》らない羞恥《しゅうち》に襲《おそ》われた。

毎夜のように触《ふ》れ合っているのに何を今更《いまさら》と呆《あき》れられるかも知れないが、こういうお伺いを立てる時のランフォードはシェインの少ない語彙《ごい》ではとても説明出来ないくらい「凄《すご》い」のだ。いつもの慈《いつく》しむような触れ合いからは想像が付かないほどに。王城のダルニエ医師から「奥手」と太鼓判《たいこばん》を貰《もら》うシェインには些《いささ》か刺激《しげき》が強すぎる。

これから自分が何をされるのか、そして請《こ》われれば相手の望み通りに何をしてしまうのか。考えて恥《は》ずかしさのあまりシェインは身を捩《よじ》る。そんなシェインの体をしっかりと摑《つか》まえなおすと、ランフォードが黒い三角耳の根本に唇を押し当てて言った。

「好きだ」

シェイン、と呼ぶ声が甘さに満ちている。

途端に羞恥を上回る「すき」が胸の中に溢《あふ》れて来て、おずおずとシェインも音にすることを覚えたばかりの言葉を返した。

「すき」

「好きだ」

「すき」

「好きだ」

「すき」

「好きだ、シェイン」

「すき、ぃ……」

ただ、その単語を繰《く》り返しているだけで、気持ちが蕩《とろ》けて、語尾《ごび》までが消えていく。

相手の「好き」という言葉に、自分も「すき」と応えて。

音にして何度もそれを繰り返している内に、心も何もかもがとろとろに溶《と》けてしまったような錯覚《さっかく》に陥《おちい》ってシェインは掠《かす》れた声で、何度目か忘れた舌足らずの「すき」を囁《ささや》いた。

ランフォードと共にいると時折、こんな感覚に体中が満たされる。いつか飲んだ果実酒で体験した酩酊《めいてい》感よりも、もっと幸せな極上《ごくじょう》の感覚。指の先まで、幸せというもので満たされてしまったかのような、そんな充足《じゅうそく》感。

好き、と伝えることは、こんなに幸せなのか。

そう驚くと共に、もっと伝えたくて堪らなくなる。

多幸感でふやけてしまったような菫色《すみれいろ》の瞳《ひとみ》を、ランフォードの新緑色の瞳が真正面からのぞき込む。

「シェイン?」

答えを求められている。

それにシェインが言えることなど決まっている。

「ランフォード、すき」

途端に体が浮《う》き上がって、膝裏を掬《すく》うように横抱きにされた。

好き。

大好き。

愛してる。

そんな思いが伝わるように腕を回せば、ランフォードが小さく喉《のど》で唸《うな》った。大股《おおまた》に荒《あら》い足取りでランフォードはシェインを抱いたまま、寝室《しんしつ》に駆《か》け込むと扉《とびら》を閉めた。

シェインは表向きヴェルニル王国の末王子ということになっているが、本当はヴェルニルの田舎町《いなかまち》にある公爵邸《こうしゃくてい》の下働きだった。身分も何も無い平民である。

声が出ないこと。

末王子と同じ名前であること。

そして、末王子と同じ黒髪《くろかみ》の持ち主であること。

それらを理由に、狼獣人《おおかみじゅうじん》との婚姻《こんいん》を厭《いと》った本物の末王子によって身代わりに仕立て上げられ、ウェロン王国に送り出されたのだ。

幼い頃《ころ》。たった一人の保護者である母親から捨てられ、雨の中を生き倒《だお》れていたところを拾われてから、ずっと家族同然に暮らして来た使用人仲間たちとも引き離され、シェインはひたすら恐怖《きょうふ》に震《ふる》えて泣くことしか出来なかった。

そんなシェインを救ったのが、ランフォードである。

嗅覚《きゅうかく》に優《すぐ》れた狼獣人の中でも、飛び抜《ぬ》けて鋭敏《えいびん》な鼻を持つランフォードは、シェインが王子の身代わりとして送り込まれてきたことにすぐに気が付いた。シェインの身の上に同情し、送り返すことに尽力《じんりょく》していたランフォードにとって誤算だったのは――シェインのまとう香《かお》りがあまりにも清いことだった。

言葉と感情の中で僅《わず》かにズレるその歪《ゆが》みに濁《にご》った臭《にお》いを、ランフォードは汗一滴《あせいってき》で嗅《か》ぎ分けることが出来る。そのために幼い頃から人間不信気味で、成人する頃には顔の下半分を革製《かわ》の防具で覆《おお》うことで鋭敏過ぎる嗅覚を制御《せいぎょ》していた。

その革製の防具が必要の無い相手を、ランフォードはシェインと出会って初めて知った。

掌《てのひら》に綴られる拙《つたな》い文字と全く変わらない感情を、あますことなく伝えようと懸命《けんめい》な菫色の瞳。

腕の中に保護した黒猫《くろねこ》獣人に、国一番の騎士《きし》と謳《うた》われた狼獣人の王弟《おうてい》は恋をした。

紆余曲折《うよきょくせつ》の末に結ばれた二人は、側《そば》にいるために「嘘《うそ》」を一つだけ貫《つらぬ》き通すことにした。

シェインが、本物のヴェルニルの王子だという嘘。

それを一生抱《かか》えることを互《たが》いに誓《ちか》って、今日も二人は共に在る。

「――っ」

寝台の上に置かれたと思えば、あっという間に服を脱《ぬ》がされて、寝室の空気を寒いと感じる暇《ひま》も無く布団《ふとん》を被《かぶ》された。

ランフォードの掌が裸《はだか》の体を撫《な》でる度に、意図しない声が口からこぼれ落ちそうになってシェインは思わず唇《くちびる》を噛《か》んだ。

そのまま、顔を逸《そ》らすようにして寝台の敷布《しきふ》を手繰《たぐ》って口にくわえるシェインに、ランフォードが咎《とが》めるような視線を送って名前を呼んだ。

「シェイン」

「……！」

くわえた敷布は器用な指先であっという間にシェインの口から離《はな》された。それに抗議《こうぎ》するシェインの視線に、新緑色の瞳が懇願《こんがん》を向ける。

「聞かせてくれ」

そんな伴侶《はんりょ》の言葉にシェインが涙目《なみだめ》になると、掌が差し出された。それにシェインはいつものように指文字で告げる。

へんなこえ、でる。

最近、肌《はだ》を重ねている時に、ふと聞こえた耳慣れない音。それが自分の口からこぼれているのに気付いて、恥ずかしさに震えたのは記憶《きおく》に新しい。ようやくランフォードの名前を呼び、気持ちを音で伝えられるようになったのは良いけれど、それは思わぬ誤算だった。

そんなシェインの主張に、ランフォードが真顔で言う。

「変じゃない」

はずかしい。

「私しか聞かないだろう」

らんすだから、はずかしい。

好きな相手に己《おのれ》の恥ずかしい部分を晒《さら》して平気でいられる人間は少ないだろう。よりにもよって、あんな声を――。

思い出して羞恥で真っ赤になってしまったシェインに、ランフォードは微《かす》かに笑って顔のあちこちに唇を落とした。甘く優《やさ》しいそれに流されてしまいそうになりながら、シェインは精一《せいいっ》杯《ぱい》の反論をする。

だれも、あんなこえ、ださない。

声が出ない分、他人の声を聞き逃《のが》すことが無いように、耳を澄《す》まして生きてきたシェインが言うのだから間違《まちが》いない。ただの音の羅列《られつ》。意味を成さない音の連なり。それが自分の口から溢れて止まらないのだから、恥ずかしいどころでは無い。

そんなシェインの返答に、ランフォードが笑って言った。

「他人の喘《あえ》ぎ声を聞いたことがある方が問題だろう？」

ランフォードの指摘《してき》にきょとんとしてから、シェインは真っ赤になって耳を伏《ふ》せた。

喘ぎ——。

そうか、あれは喘ぎ声か。

二人しかいない閨《ねや》で紡《つむ》がれる声ならば、シェインが聞いたことが無いのも道理だ。

しかし——。

「シェイン？」

拙い反論を易々《やすやす》と封《ふう》じ込めたランフォードが、行為《こうい》の先を窺《うかが》わせる手つきで、シェインの黒い三角耳の付け根を優しく揉《も》む。

「……っ、ふぅ」

思わず漏《も》らした吐息《といき》に混じって、堪《こら》えきれずこぼれた声は、聞き慣れない艶《つや》をまとっている。だらしないような、甘えているような。そんな声が響《ひび》くのが恥《は》ずかしくて堪《たま》らない。

黒い尻尾《しっぽ》をくるりと丸めて、顔どころか全身を羞恥《しゅうち》で染めたシェインに、ランフォードが新緑色の瞳を細めて、シェインを安心させるように言う。

「さっきの『好き』と同じだ」

「……ん、ぁ…っ？」

「気持ち良い、が声になっているだけだ」

だから恥ずかしいことなんて何も無い。

そう言いながら、シェインよりもシェインの体を知り尽《つ》くした指が体をなぞるのに、吐息と共に声がこぼれて落ちる。

「ぁ……っ」

「シェイン」

好きだ、と響く声にシェインの体の芯《しん》が甘く痺《しび》れた。尻尾が甘えるようにランフォードの体に絡《から》みつくのを感じながら、シェインは最後の理性を振《ふ》り絞《しぼ》るようにして問いを綴《つづ》る。

らんすも？

「私？」

らんすも、こえ、でてる？

いつだって行為の最中、シェインは翻弄《ほんろう》される一方で、意識を飛ばすことも珍《めずら》しくない。情事の最中の声だというのならば、相手もシェインのような声を出しているのだろうか。

そんなシェインの疑問にランフォードが動きを止めて、それから目を細くした。

「今から——確かめてみると良い」

どこか獰猛《どうもう》さを伴《ともな》った声で言ってランフォードがシェインの唇を塞《ふさ》いだ。舌を絡ませながら続く深い口づけに翻弄されながら、相手の体にしがみつく。

ごつごつとした男らしい掌が与《あた》える快感に、とろとろとシェインの意識は溶《と》けていく。理性と共に羞恥が失《う》せれば、残るのは胸を満たす相手への気持ちだけだ。

すっかりと上がった息の中。唇が離れた隙間《すきま》に、極《ごく》自然にその相手への言葉が口からこぼれて落ちる。

「……ランス、すき」

その言葉に、新緑色を優しく細めてランフォードが答えた。

「愛している、シェイン」

囁《ささや》かれる名前と、愛情のこもった言葉。嬌声《きょうせい》というには、あまりにも控《ひか》え目な――意図したものではない掠《かす》れた小さな喘ぎ声。

それらが寝室《しんしつ》から漏れ聞こえるようになった頃、居間の暖炉《だんろ》では薪《まき》が燃え尽きて綺麗《きれい》な灰の山を築いていた。

＊＊＊＊

ウェロン王国の第一王子カークランド・フェイ・ルアーノは遠い目をした。その横に立っている宰相《さいしょう》のヴァーデルも、同じような表情を浮《う》かべている。

カークランドは、レンフォードのことを父親として国王として尊敬している。

ウェロンが武に長《た》けた国であることは大陸中に知れ渡《わた》っている。そのため大陸内部の国同士に軋轢《あつれき》が生じた時、ウェロンを味方に付けようという動きは多い。そんな各国からの意図を持った動きをレンフォードは実に巧《たく》みに捌《さば》いている。ウェロンが中立を保ち、最終的にどの国に付くのか分からないとなれば、各国は自然と動きを慎重《しんちょう》にせざるを得ない。

争いは争いを呼び込む。命の危険と隣《とな》り合わせの高ぶった気は、人をおかしくさせる。野心や疑心が渦巻《うずま》けば、戦火が鎮《しず》まるのに長い時間がかかるのは必至《ひっし》だ。

そのためにウェロンの国王には、慎重な外交手腕《しゅわん》が求められる。

そういう意味でカークランドの父の腕《うで》は確かだと思う。

しかし、それらの手腕が発揮されているのはひとえに家族のため——より正確に言うのならば王妃《おうひ》つまりはカークランドの母親の安寧《あんねい》のためという、実に個人的な理由であることを知る者は、あまりいない。

いや、王城の者たちは薄々《うすうす》察しているか。

もしかしたら、国民も。

狼獣人《おおかみじゅうじん》は伴侶を「番《つがい》」として何より大事にする種族だ。そして、王族は祖先の血が濃《こ》いせいか、その傾向《けいこう》が強い。

普段《ふだん》は伴侶に対する溺愛《できあい》ぶりが特別に目立つ王弟《おうてい》がいるせいで忘れられがちだが、国王もそれはそれは立派な愛妻家なのである。

そして、国王である父は執務《しつむ》机に腰掛《こしか》けたまま、愛妻からの贈《おく》り物を矯《た》めつ眇《すが》めつしながら頬《ほお》をだらしなく緩《ゆる》ませていた。

まるで唯一《ゆいいつ》無二の宝物——実際レンフォードにとってはそうなのだろうが——を扱《あつか》うように、その手つきは恭《うやうや》しい。

レンフォードの手にあるのは、一枚のハンカチだ。

素朴《そぼく》で飾《かざ》り気の無い四角い布。

しかし、その隅《すみ》にガタガタの刺繍《ししゅう》で「レニーへ」と文字が綴られている。そのガタガタの刺繍を心底愛《いと》おしそうに指先でなぞり、国王はうっとりと溜息《ためいき》を吐《は》き出す。

「私の伴侶《はんりょ》は最高じゃないか？　どうしてノエラはあんなに可愛《かわい》いんだろうな？」

「どうしてでしょうね……」

棒読みで父親に言葉を返しながら、カークランドは早く叔父《おじ》が執務室に到着《とうちゃく》しないかと扉《とびら》に目をやる。

宰相が、なんとも言えない生温かい笑《え》みを浮かべているのが居たたまれない。

国王夫妻の末娘《すえむすめ》の誕生祝いに、王弟妃であるシェインが自ら刺繍を施《ほどこ》した産着《うぶぎ》を渡してから、王城を中心に刺繍はこの国でひっそりと流行している。とは言っても、ヴェルニルの猫獣人《ねこじゅうじん》たちがするほど本格的なものではない。大事な相手の持ち物に、名前を縫《ぬ》いつけるという程度のことだ。

一刺《ひとさ》し、一刺し。

相手のことを思いながら名前を縫う、という行為は狼獣人の気質に合っていたらしい。持ち物に名前を付けることで、他者の物との混同を防げるという合理的な側面も受け入れられた一つの要因だろう。

王妃は週に一度、義弟嫁《おとうとよめ》のシェインを自室に招いて刺繍を習っているのだが、その腕前は息子《むすこ》であるカークランドから見ても芳《かんば》しいものではない。

王妃──カークランドの母親であるノエラは、おっとりとしているように見えて根は豪快《ごうかい》だ。であるから、刺繍のような細かい作業は向いていないのだ。刺繍の腕前は、もうすぐ九歳になる双子《ふたご》の妹たちの方が上のようにさえ見える。それでも諦《あきら》めることなく熱心に刺繍を習い、最初に仕上げた作品が今、レンフォードの手の中にあるハンカチである。

愛しい伴侶からの贈り物に喜ぶのは当然だ。それを自慢《じまん》するのも悪いことではない。

しかし、だ。

──その話は朝から何度目ですか、父上。

カークランドの体感で言うなら既《すで》に百回以上、父親から惚気《のろけ》話を聞かされている。朝食の席で伴侶に渡された贈り物に舞《ま》い上がるのも悪いことではない。むしろ伴侶の贈り物を喜ばないのは、狼獣人としてどうかしていると言っても良い。しかし、何事にも限度があるのではないか。

王妃の素晴《すば》らしいところをひたすら語り尽くす国王というのは、秘書たち曰《いわ》く定期的にやってくる「現象」らしい。どうやったところで人智《じんち》の力では止めようがない、と。

──なんてことだ。

カークランドは両親の仲が良好なことを誇《ほこ》らしく思っている。

しかし、思春期をすぎた息子としては──いかに両親が愛し合っているのかを延々と語られるのは居たたまれないものがある。

というか、気まずい。

非常に、気まずい。

両親の仲が良いことなど、互《たが》いの匂《にお》いづけで十分に筒抜《つつぬ》けである。それに上塗《うわぬ》りするように悋気をぶつけて来なくても良いではないか。少しは複雑な息子心を察して欲しい。

父親の悋気から解放されたい一心で叔父の登場を待ちわびるカークランドの願いが届いたように、扉を叩《たた》く音がした。返事も待たずに扉が開いて、ランフォードが大股《おおまた》に執務室に足を踏《ふ》み入れる。

「遅《おく》れた」

端的《たんてき》に言いながら、姿を現した叔父の顔の下半分は、革《かわ》製の防具に覆《おお》われていた。

鋭敏《えいびん》過ぎる嗅覚《きゅうかく》を持つ叔父が、その防具を外すのは番であるシェインの前だけだ。表情を窺《うかが》えるのは、顔の上半分だけである。ランフォードの新緑色の双眸《そうぼう》が、執務机の国王に向けられて、手にしているものが何かを理解してか――呆《あき》れたような色を宿した。

そんな実弟からの視線に、飄々《ひょうひょう》とレンフォードは言う。

「見ろ、この勇ましく思い切りの良い玉結びを。ノエラの性格が表れていて、本当に可愛い。私がノエラに惚《ほ》れたのは、こういうところなんだ。あれはもう、二十年前になるのか。私と初めて出会った日、ノエラは――」

「義姉上《あねうえ》との馴《な》れ初《そ》めは、二人が出会った時から聞き飽《あ》きている。必要無い」

怒濤《どとう》の勢いで惚気を繰《く》り出そうとするレンフォードを制して、きっぱりとランフォードが断りを入れる。

そんな叔父のすげない態度を気にした風も無く、さらりと父が言葉を続けた。

「近衛《このえ》兵団との打ち合わせはどうだった？」

「編制の見直しについては概略《がいりゃく》が決まった。しばらく臨時で私が付くが——その話じゃないだろう」

最近、ウェロンの城下町にはヴェルニルから猫獣人の来訪が増していた。以前は、あまり無かったことである。理由はウェロンの王弟と、ヴェルニルの末王子が、種族を超《こ》えて仲睦《なかむつ》まじく幸福に暮らしていることが、国内外で広く噂《うわさ》になっているからだ。

嫁《とつ》いだ末王子が幸せに暮らす王城を一目見よう、というヴェルニルからの観光客が増加していた。しかし、それに伴《ともな》って以前には起こらなかったような揉《も》め事などが増していた。猫獣人と狼獣人が国を隣《となり》にしながら、今まで深く交流を持ってこなかったのは、その性質と文化に大きな隔《へだ》たりがあったからだ。

物資の少ない冬場は、どの国も戦《いくさ》を避《さ》ける傾向にある。そして現在、大陸に不穏《ふおん》な動きは見られない。なので、国の中心を守るために駐屯《ちゅうとん》している騎士《きし》団も、普段より業務に余裕《よゆう》がある。本来は騎士団所属である叔父が、近衛兵団の編制に付き合っているのは、レンフォードがランフォードに命じたからだ。

「元はと言えば、お前がシェインを溺愛しまくっているのが原因なんだから、これぐらいなんとかしろ」

という言葉が果たして命令なのかどうかは、ともかく――そんな訳で叔父は、騎士団と近衛兵団の間を忙《いそが》しく飛び回っていた。

些《いささ》か疲《つか》れたように溜息を吐いて、ランフォードが椅子《いす》に腰《こし》を下ろした。あれだけ惚気を振《ふ》りまきながら執務に当たっていたというのに、きちんと城内の動きを把握《はあく》していて、それを簡単に口にする父親の器用さにカークランドは内心で舌を巻いた。カークランドは生まれつき、要領が良い方ではないという自覚がある。

――父上のような国王になるのは難しいな。

カークランドが暗澹《あんたん》とした気持ちを抱《いだ》いたところで、レンフォードが言った。

「なに、大したことじゃないんだが。クアンツェの王子たちが留学して来ることになっている。片方の王子が騎士団勤務を希望していてね。高名な騎士ランフォードにしごいて欲しいそうだから、ご希望に応《こた》えて存分にしごいてやってくれ」

そのレンフォードの言葉に、ランフォードが怪訝《けげん》な顔をする。

「あの国の後継者《こうけいしゃ》は――まだ決まっていないと思ったが？」

その通りである。

半年ほど前まで、カークランドが留学していた犬獣人の国クアンツェには、王位継承候補が二人いる。時を同じくして生まれた双子の王子たちだ。

兄のフェリシアン・エスタ・マーレ。

弟のジェルマン・エスタ・マーレ。

国王夫妻には、二人以外に子がいない。なので、どちらかが王位を継《つ》ぐだろうと思われている。しかし、肝心《かんじん》の「どちらが」という決定的なところを明言するのをクアンツェの国王は避けていた。

「留学の目的は他国の文化を学ぶことで、自国の政《まつりごと》について客観的な視点を持つことだろう。短期の受け入れならともかく、勤務というのはどういうことだ？　この状況《じょうきょう》で、政を学ぶつもりが無いということは——王位に就《つ》くつもりが無いという意思表示か？」

「それがそうでも無いらしいんだよなぁ」

レンフォードが、ようやく王妃《おうひ》からの贈《おく》り物であるハンカチを丁寧《ていねい》にたたみ始めた。それを大事に懐《ふところ》にしまい込んで、執務《しつむ》机に座り直すと姿勢を正して言う。

「騎士団勤務を希望している王子は、どちらかと言えば次期国王になることに対して意欲的らしい。そうだな、カーク？」

話の矛先《ほこさき》を向けられて、カークランドは頷《うなず》いた。

犬獣人《いぬじゆうじん》も狼《おおかみ》獣人と同じく嗅覚に優《すぐ》れている。なので婚姻《こんいん》に関する考え方などが近く、習俗《しゅうぞく》もそれほど離《はな》れていない。武力では狼獣人に劣《おと》るものの、堅実《けんじつ》な働き方をする犬獣人とは相性《あいしょう》も悪くなかった。なので、昔から王族の子弟《してい》を代わる代わる留学させて互いの国のあり方を学ばせるということを繰り返して友好的な関係を築いていた。

カークランドが半年ほど前までクアンツェに留学していたのも、そういった事情からだ。カークランドは記憶《きおく》を手繰《たぐ》りながら口を開いた。

「騎士団勤務を希望しているのは、兄王子のフェリシアン様です。弟王子のジェルマン様は『普通《ふつう》』の留学を希望されています」

「……その兄は、何を思って騎士団勤務を希望している？」

国王になることに意欲的だというのに、政について学ぶ貴重な機会を自ら捨てようとする行動は、あまりに矛盾《むじゅん》している。

理解に苦しむ、と言いたげな叔父《おじ》の言葉も尤《もっと》もだった。カークランドは滲《にじ》み出そうになる溜息《ためいき》をなんとか押し殺して言った。

「フェリシアン様は——叔父上ほどではありませんが、嗅覚に優れています。そして、それを非常に誇りに思っています」

ランフォードのように汗一滴《あせいってき》で感情を読み取る、とまでは行かないが、言葉を交《か》わさなくても他者の香《かお》りで大ざっぱに感情の理解は出来るらしい。

そのせいもあってフェリシアンは、とてもランフォードに傾倒《けいとう》していた。伝え聞くランフォードの姿を真似《まね》て、革製の防具で顔の下半分を覆っているぐらいだ。

勝ち気な犬獣人の王子を頭に思い描《えが》きながらそうカークランドが告げたところで、叔父の怪訝な声は変わらなかった。

「だから何だ？」

「だから、ですね、つまり」

あの王子の人間性を、どうすれば穏便《おんびん》に伝えられるか。考えあぐねるカークランドに、レンフォードから助け船が出された。

「カーク、下手《へた》に言い繕《つくろ》ったところで本人が来れば、その気遣《きづか》いも無駄《むだ》になるぞ。最初から心構えが出来ている方が何かと対処もしやすい」

だから言ってしまえ、と父に背中を押されて、一度溜息を吐《つ》いてからカークランドは告げた。

「祖先の血が濃《こ》く出て嗅覚が優れている自分が王位を継ぐのは当然のことだ、と。フェリシアン様は、そう信じて疑っていないようでして」

カークランドの言葉に、執務室の中に奇妙《きみよう》な沈黙《ちんもく》が降りた。

ランフォードが新緑色の瞳《ひとみ》を眇《すが》めて言う。

「つまり、クアンツェの兄王子は馬鹿《ばか》なのか」

身も蓋《ふた》も無い言葉だった。

しかし否定することも出来ずに、カークランドは苦笑《くしよう》を浮《う》かべる。隣の宰相《さいしよう》が苦笑いと共に溜息を吐いた。執務机に着いたレンフォードが何とも言えない顔で、片目を瞑《つむ》って言った。

「まぁ、そうだな。フェリシアン王子の理屈《りくつ》だと、私ではなくてお前が本来ならば国王になるべきだ、ということになる。――国王になりたいか、ランス？」

「それを口実に義姉上《あねうえ》と隠居《いんきよ》するつもりか？ 馬鹿を言うな。私が国王になったら外交が滅茶《めちや》苦茶《くちゃ》になる。隠居をしたいなら、私ではなくカークランドに王位を継がせてくれ。――そもそも、今の国があるのは兄上が国王だからだろう。嗅覚《きゅうかく》が優れていることと、国王の才覚は別の問題だ。その王子はそんなことも分からないのか？」

単純な疑問という顔でランフォードが訊《き》くのに、カークランドは苦笑を顔から消せないまま答えた。

「そう教え諭《さと》す者も何人かいたのですが、それは全《すべ》て『嗅覚の優れている自分に対する僻《ひが》み』と捉《とら》えているようでして……」

おまけに思い込みの激しい部分がある。

自分の狭《せま》い知見だけで何事も「こういうもの」と決めつけてかかる節があり、あれではせっかくの嗅覚が宝の持ち腐《ぐさ》れだ――というのが留学先でクアンツェの兄王子を見てきたカークランドの正直な意見だった。

あからさまにげんなりとした表情を隠《かく》さないランフォードが言う。

「だったらクアンツェの国王は、どうして弟王子を後継者に指名しない？　いつまでも判断を保留にしているから余計に馬鹿が図に乗るんだろう」

その言葉にレンフォードが肩《かた》を竦《すく》めた。

「弟王子は弟王子で問題があるんだ。そうだろう、カーク？」

叔父から後いくつの呆《あき》れが引き出されるのかと思いながら、カークランドは言った。

「弟王子のジェルマン様は、考古学に傾倒していまして――出来れば学者になりたいそうです」

嬉々《きき》として土を掘《ほ》り返し、そこから出土する土器や石器の欠片《かけら》に顔を輝《かがや》かせていた弟王子の顔がカークランドの頭に思い浮かぶ。

ランフォードが眉根《まゆね》を寄せた。

「それこそ、王位継承権を放棄《ほうき》すると言ってしまえば良いだろう。周囲も諦《あきら》めが付く。兄王子の性格は矯正《きょうせい》出来なくても、総掛《そうが》かりで教育すれば、少しはマシな国王になるだろう。周囲を優秀《ゆうしゅう》な補佐《ほさ》役で埋《う》めれば、まだなんとかなる」

「それが――ジェルマン様は、フェリシアン様の性格を熟知してらして。『とても兄には国王は務まらないだろう』と言っています」

ランフォードが困惑《こんわく》したように首を傾《かし》げた。

「――？　なら、どうして後継者が決定していない？　それだけ兄の性格を理解しているなら、さっさと自分が次期国王になると言えば良いだろう」

「フェリシアン様が次期国王に相応《ふさわ》しくないのは明らかですが、万が一にも改心して国王として相応しい振る舞《ま》いをする可能性が無い訳でもないから――国王が後継者を最終決定するまでジェルマン様は進退の判断は保留にすると」

カークランドの言葉を聞いて、新緑色の瞳が考えるように数度瞬《まばた》きをした。

しばらくの沈黙の後に、叔父が呆れを通り越《こ》して軽蔑《けいべつ》を込めた口調で言う。

「……つまり、学者の道を自分から諦めることは出来ない。だから、国王が命じるなら『仕方がなく』後継者《こうけいしゃ》になる、と。そういうことか？」

　不遜極まり無いが、そういうことである。

　まるで、この世の全ての不幸を背負ったような口調で弟王子に心情を打ち明けられた時、カークランドですらあまりの傲慢《ごうまん》さに絶句した。

しかし、本人は己《おのれ》がこの世で一番不幸だと思い込んでいるので、どうしようも無い。レンフォードが微《かす》かに笑いを滲ませた声で言う。

「仕方がなく国王になるなんて、アンデロの狐獣人《きつねじゅうじん》たちに言おうものなら憤死《ふんし》しかねないな」

ランフォードが溜息と共に、深く椅子《いす》に座り直して言った。

「――クアンツェの王子は二人とも馬鹿なのか」

先ほどより更《さら》に身も蓋も無い。

辛辣《しんらつ》さを増したランフォードの言葉を否定出来る者は、残念なことにこの部屋の中には誰《だれ》もいなかった。

レンフォードが苦笑を浮かべて、双子《ふたご》の王子の留学にあたってクアンツェの国王から送られてきた親書の封筒をかざした。

「クアンツェの国王夫妻はなかなか子に恵《めぐ》まれなかったんだ。遅《おそ》くに出来た子たちだから、手放しで可愛《かわい》がってしまった自覚はあるらしい」

「自覚があるなら、責任を持って躾《しつけ》をしなおすべきだろう。そんな者たちを他国へ送るな」

「そうは言っても仕方がないだろう？　カークランドがあちらの国での留学を終えたら、双子の王子をうちに留学させる約束だったんだ。まさか、そんな王子たちを送り込んでくるとは思わないよ。犬獣人の国の評判は上々だったしな。クアンツェの国王は、他国の後継者に刺激《しげき》を受けて双子が心を入れ替《か》えることを期待していたらしい――しかし、その望み叶《かな》わず今日に至ってしまったそうだ。何せ憧《あこが》れの騎士《きし》ランフォードに会えると、兄王子が張り切ってしまって、今更留学を取りやめることも出来ないらしい。さすが、ランス、モテモテだなぁ」

からかうようなレンフォードの言葉に、目を細くしてランフォードが問い返す。

「本気で羨《うらや》ましいと思うか？」

その言葉にレンフォードが、すっと真顔になった。

「いいや、全く。私はノエラと子どもたち以外にモテても欠片も嬉《うれ》しくない。――いや、待て。お前とシェインも私のことを好いてくれたら嬉しいぞ。遠慮《えんりょ》なく好いてくれ」

「兄上」

後半、真顔で馬鹿馬鹿しい言葉を放つレンフォードを諌《いさ》めるようにランフォードが低い声で呼んだ。それにレンフォードが封筒から取り出した便箋《びんせん》を振《ふ》る。

「あまりに未熟さが目立つようだったら遠慮なく送り返してくれ、とクアンツェの国王からの配慮の言葉は貰《もら》っているさ。――託児所《たくじしょ》を引き受けるのは不本意だが、しばらくは預かるしか無い。心配するな。カークから見ても相当らしいから、そんなに長い留学にはならないだろうさ。ただ、覚悟《かくご》はしておこう」

公に約束を交《か》わしており、片方の約束が履行《りこう》されているというのに、いざ自国の番になって一方的に約束を破棄《はき》するなどという不誠実なことは出来ない。

レンフォードの言葉にランフォードが何か言いたげな顔をしたが、最終的に諦めたように目を閉じた。

それを了承《りょうしょう》の意とととって、レンフォードが溜息《ためいき》混じりに言う。

「――さて、面倒《めんどう》な話をして疲《つか》れたせいでノエラが不足したな。少し早いが昼食にして良いな、宰相？」

レンフォードが深緑色の瞳を宰相に向けた。その声にヴァーデルが頷《うなず》いて言った。

「どうぞ、ゆっくりとお休み下さい。午後の執務《しつむ》の準備が出来ましたら、使いをやりますので。カークランド様も、どうぞ陛下とご一緒《いっしょ》に」

「いや、私は――」

あれだけ盛大《せいだい》に朝から父親の惚気《のろけ》を聞かされ続けて、母親について食傷気味である。出来ることなら、この場に残って宰相を手伝いたい。そもそもあれだけ惚気ておいて、もう伴侶《はんりょ》が不足するとはどういうことだ。

そんなカークランドの逃《に》げ場をあっさり塞《ふさ》いだのは父である国王だった。

「それが良い。ノエラとシェインに、お前の口からクアンツェの双子の王子様たちについて教えてやってくれ。実物を見たことのある人間の言葉は重みが違《ちが》う。――ランス、お前も一緒に食事で良いだろう？　その方が話も早い」

レンフォードの誘《さそ》いに、ランフォードが無言で頷く。

両親の仲睦《なかむつ》まじさですら居たたまれないのに、更に目のやり場に困る王弟《おうてい》夫妻の同席までが決定していた。

ウェロン王国の二大愛妻家が揃《そろ》っての昼食。

この調子なら二人とも存分に伴侶を愛《め》でるつもりだろう。

未《いま》だに伴侶もおらず、恋《こい》がなんたるかを知らないカークランドには些《いささ》か以上に荷が重い。更に、その愛妻家がどちらも血縁《けつえん》だという事実が居たたまれない。

王族の証《あかし》である銀色の毛並みをしたカークランドの尻尾《しっぽ》と耳が、これでもかというほど垂れ下がった。それに気付いている筈《はず》なのに、カークランドを促《うなが》す国王の声はどこまでも軽い。

「ほら、カーク。早く行くぞ。ノエラと天使たちが待っている」

ランフォードはと言えば、レンフォードよりも先に立ってさっさと執務室から姿を消していた。大股《おおまた》に去っていく叔父《おじ》の目的が、ただ一人なのは考えるまでも無く分かる。

――どれだけシェイン様に会いたいんですか、叔父上。

つい先日。仲睦まじさが行き過ぎて王弟妃《おうていひ》が寝込《ねこ》み、「新婚《しんこん》気分もいい加減にせんか！」とダルニエ医師に王城中に轟《とどろ》く声で雷《かみなり》を落とされていたのだが、ちっともそれに懲《こ》りていない。

果たして、叔父の新婚期間はいつまで続くのか。

そんなことを思いながらカークランドは、がっくりと項垂《うなだ》れる。

生温かい微笑《びしょう》を浮《う》かべた宰相《さいしょう》が、カークランドの肩《かた》を励《はげ》ますように優《やさ》しく叩《たた》いて言った。

「どうぞ、お心を強く。秘書一同、応援《おうえん》しております」

——応援はいらないから、自分がここに残れるように取りはからってくれないか。惚気で腹がいっぱいなんだが。

カークランドがそう訴《うった》えるよりも先に、宰相がカークランドの背中を押す。意気揚々《いきようよう》とした父親に手を取られ、カークランドは引きずられるように執務室を後にした。

＊＊＊＊

「シェイン様、大丈夫《だいじょうぶ》？」

「ランス叔父様に酷《ひど》いことされてない？」

国王夫妻の双子の姉妹《しまい》——マリアとサラから立て続けに聞かれて、シェインはきょとんと目を瞬かせた。

週に一度。

王妃であるノエラからの申し出で開かれるようになった刺繍《ししゅう》の会は、お茶とお菓子《かし》を並べて和《なご》やかな雰囲気《ふんいき》の中で進められる。

とは言っても、真剣《しんけん》に取り組んでいるのは王妃と八歳の双子の姉妹であるマリアとサラ。そして王妃付きの侍女《じじょ》ぐらいである。

他《ほか》の子どもたちは、とっくに細かい単調な作業に飽《あ》きて、部屋の中から飛び出し、中庭でのびのびと駆《か》け回っている。

四歳の双子――スーザンとミュリエルが駆け回って遊び、その後ろをもうすぐ三歳になるエリンが一生懸命《いっしょうけんめい》に走って付いて回っているのが見えた。

末娘《すえむすめ》のナターシャは、乳母《うば》の腕《うで》の中で安心したようにぐっすりと眠《ねむ》っている。

そんな穏《おだ》やかな空気の中で双子の姉妹から向けられる心配に、心当たりが全く無く、シェインは菫色《すみれいろ》の瞳《ひとみ》を瞬《しばた》かせて、ふるふると首を左右に振った。

そのシェインの様子に、二人は何か言いたげな顔をしながら、身を寄せ合って黙《だま》り込む。

以前なら、それぞれがシェインの両脇《りょうわき》に陣取《じんど》って刺繍をする手元をのぞき込んできていたのだが――この頃《ごろ》になって複雑な顔をした二人は、シェインから少し距離《きょり》を取って座るようになってしまった。

なんだか避《さ》けられているようで悲しいが、避けられる原因に心当たりも無く、シェインは困《こん》惑《わく》していた。

そこに来て、この質問である。

なんと疑問を口にすれば良いのか。意思表示をするために必要な携帯《けいたい》用の小さな黒板と白墨《はくぼく》は持っているが、言葉に迷う。

困ってしまって、黒い尻尾をゆらりと振るシェインに助け船を出したのは、一心不乱に針を動かしていた王妃のノエラだった。

レンフォードの名前を縫《ぬ》えるようになったのだから、今度は子どもたちの名前を縫うのだと、王妃は今日も張り切って練習に励んでいる。

そんなノエラがシェインと子どもたちのやり取りに手を止めて、針山に刺繍針を刺《さ》してから、娘たちの言葉足らずを補うようにシェインに言った。

「ごめんなさいね、シェイン様。この子たち、最近ようやく匂《にお》いづけの香《かお》りが分かるようになって来て――ランスの匂いがあんまり強いから、圧倒《あっとう》されてしまっているの。その内に慣れるから、安心してちょうだい」

その説明にシェインは瞬きをした。

匂いづけについては、この国に来てから散々説明されて来た。しかし、それは初めて聞く話である。

興味深そうなシェインの表情を見て、ノエラが言う。

「番《つがい》への匂いづけの香りが分かるのは、子どもたちがある程度大きくなってからなのよ。自分の匂いを付けて他人を威嚇《いかく》して牽制《けんせい》するものでもあるから――匂いづけがあまり早くから分かると、安心して両親に頼《たよ》れないでしょう？　だから、小さい内は分からないの。分かるようになったら、大人になって来た証拠《しょうこ》ね。それに分かり始めの頃は、鼻が敏感《びんかん》になっているから余計に反応してしまうの」

娘たちの順調な成長ぶりに、王妃が目を細める。

その言葉にシェインは納得《なっとく》した。

国王夫妻の上の子どもたち——カークランドを筆頭にした王子たちはランフォードの匂いづけについて必ず言及《げんきゅう》してシェインと少し距離を取っていたが、その下の子どもたちはこの国では珍《めずら》しい猫獣人《ねこじゅうじん》の姿に興味津々《きょうみしんしん》で物怖《ものお》じせずに寄ってきてくれていたからだ。

しかし、匂いが分かるようになったということは、これからはマリアとサラから距離を取られてしまうということだろうか。

しょんぼりと黒い三角耳を伏《ふ》せるシェインに、双子《ふたご》の姉妹が慌《あわ》て始めた。

「だってね、シェイン様！　叔父様の匂い凄《すご》いの！」

「父様と母様も凄いのに、叔父様のはもっと凄いの！」

「甘いの！　でも、びりびりするから、あんまり近寄ると痛いの！」

「良い匂いなの！　でも近付くと痛いし、怖《こわ》いし、シェイン様の匂いが隠《かく》れちゃって全然しないの！」

「だから、シェイン様大丈夫かなって！」

「叔父様の匂い怖いの！　叔父様怒《おこ》ってるの？」

決してシェインを嫌《きら》って避けていた訳ではない。そう必死に説明する双子の言葉に耳を傾《かたむ》けていたシェインは、だんだんと顔を赤くして最後には下を向いた。

ランフォードの匂いづけについて、色々な人たちから散々「凄い」と言われてきたが、どう「凄い」のかイマイチ理解出来ていなかった。それが双子の拙《つたな》くも懸命な言葉で、ようやく理解出来て居たたまれない。

嗅覚《きゅうかく》に優《すぐ》れた狼《おおかみ》獣人《じゅうじん》たちが、シェインの本来の匂いを嗅《か》ぎ取れないほどの濃《こ》い匂い。

それが本当なら、ダルニエ医師をはじめ様々な人から「やりすぎだ」とランフォードが諫《いさ》められていた理由が分かる。

そして、そんな匂いを身にまとい、平然と生活していた自分が――今更《いまさら》ながら恥《は》ずかしくなってきた。

匂いづけは狼獣人にとっては当然の行為《こうい》で、口に出して指摘《してき》しないのが礼儀《れいぎ》とされている。しかし、その礼儀から外れているのを承知で指摘するということは相当なものなのだろう。

――恥ずかしい。けれど、嬉《うれ》しい。だけれど、やっぱり、恥ずかしい。

そんな思いがぐるぐると頭の中を回る。

刺繍していた布を手の中で握《にぎ》りながら、羞恥《しゅうち》のあまりに縮こまってしまったシェインを見て、王妃が笑いながら双子に声をかける。

「マリー、サラ。ランス叔父様はシェイン様が大好きだから仕方がないのよ。シェイン様を誰《だれ》にも盗《と》られたくないから、たくさん匂いを付けているの。だから、シェイン様は酷いことなんてされてないわよ。そもそも、シェイン様に酷いことなんてしたら、母様が黙っていないわ」

「本当？」

「シェイン様、本当？」

口々に訊《たず》ねられてシェインは顔を真っ赤にしたまま、何度も頷《うなず》いた。

そのシェインの必死の肯定《こうてい》に、ようやく子どもたちがほっとしたような顔をする。

「シェイン様、ごめんなさい」

「ごめんなさい、シェイン様」

「叔父様《おじ》が怒ってるのかと思ったら、怖かったの」

「避けてないの。ちゃんと慣れるように頑張《がんば》るから」

姉妹からの純粋《じゅんすい》な優しさが染《し》みて、却《かえ》って身の置き所が無い。顔どころか首まで真っ赤にして、菫色の瞳を忙《せわ》しなく瞬《まばた》きさせるシェインの様子を見て、王妃《おうひ》は微笑んだ。

子ども特有の純粋さに追い詰《つ》められる王弟妃《おうていひ》の様子に、刺繍をしていた侍女と、末子を腕に抱《だ》く乳母がそっと目を見合わせる。

そんな部屋の中に姿を現したのは――話題の渦中《かちゅう》にいるランフォード本人だった。

新緑色の瞳は、真っ直《す》ぐにシェインを捉《とら》えて、その様子に訝《いぶか》しそうに名前を呼ぶ。

「シェイン？」

どうした、と言いながら口元を覆《おお》う革《かわ》製の防具をむしり取るように外した。

問いかけられてもどう答えれば良いのか見当も付かずに、シェインは手元の刺繍針と布に目を落とす。

そんなシェインに代わって、口を開いたのは双子の姉妹だった。

「ランス叔父様！　シェイン様への匂いづけを抑《おさ》えて！」

「父様と母様ぐらいにして！　びりびりして嫌《いや》なの！」

銀色の尻尾《しっぽ》を振《ふ》りながら勢いよく繰《く》り出される双子の抗議《こうぎ》に、なんとなく状況《じょうきょう》を察したらしい。当然のようにシェインの隣《となり》に座り、未《いま》だに顔を上げられない伴侶《はんりょ》を軽々と膝《ひざ》に乗せたランフォードは、姪《めい》たちに堂々と言った。

「駄目《だめ》だ。私のシェインだから、その証拠だ」

「そんなに強くしなくても分かるもん！」

「叔父様の匂いのせいでシェイン様に近寄れないの！」

「その内に鼻が慣れる。――叔父さんはシェインに匂いをつけていないと落ち着かないんだ。だから止《や》めない」

子どもたち相手にきっぱりと言い切るランフォードは、嘘《うそ》は言っていない。しかし、それが嘘で無いからシェインは尚更《なおさら》どうしたら良いのか分からない。

王妃が口元に手を当てて、肩《かた》を震《ふる》わせながら声を出さないように笑っている。生温かい微笑《びしょう》を口元に浮《う》かべた侍女《じじょ》が、そっと刺繍《ししゅう》道具を片づけ始めた。乳母も同様の微笑を浮かべながら、未だに眠っている末子のナターシャに視線を落としている。

頑《がん》として譲《ゆず》らないランフォードの態度に、痺《しび》れを切らしたのはマリアとサラの方だった。

「もーッ、叔父様の甘えん坊《ぼう》！」

「この間も、シェイン様が刺繍教えに来てくれるの邪魔《じゃま》したでしょ！」

双子の言葉に、シェインの頭に少し前の出来事が頭に浮かぶ。

先日、刺繍を教える予定が流れた日。

前夜に散々喘《あえ》がされて、すっかり喉《のど》を嗄《か》らしたシェインは、そのせいで熱を出して寝込《ねこ》む羽目になった。そんなシェインの有様に、ダルニエ医師が呆《あき》れた顔で雷《かみなり》を落としたのは記憶《きおく》に新しい。

「あまり王弟殿下《でんか》を甘やかすな！　少しは王妃殿下を見習って尻《しり》に敷《し》くことを覚えんか!!」

甘やかされているのはシェインの方だと思うのだが、どうなのだろう。

というか、尻に敷くなんて芸当がシェインに出来る気がしない。そもそも、ノエラはレンフォードを尻に敷いているのか。

――何より、それについて幼気《いたいけ》な子どもに追及《ついきゅう》されているのが恥ずかしくて堪《たま》らない。

いよいよ羞恥が臨界点を突破《とっぱ》して、赤面したままカチコチに硬直《こうちょく》するシェインに助け船を出したのは、遅《おく》れて部屋の中に顔を出したレンフォードだった。後ろには、なぜか疲《つか》れ切った顔のカークランドを連れている。

「マリーにサラ？　賑《にぎ》やかだなぁ、ランスがどうかしたかな？」

「父様も叔父様に言って！」

「シェイン様に匂いつけ過ぎ！」

そんな娘《むすめ》たちの訴《うった》えに、レンフォードが軽く目を見開いて、それからランフォードを見て呆れた口調で言った。

「ランス、お前……遂《つい》に二人に注意されるようにまでなったか」

「本当のことだから構わない。そして、改めるつもりは無い」

どこまでも悪びれず堂々としたランフォードの態度に、遂に王妃が堪《こら》えきれないと言わんば

かりに噴《ふ》き出した。

王妃の軽《かろ》やかな笑い声に、先ほどまで眠《ねむ》っていたナターシャが、ぱちりと目を開く。茶色の目が不思議そうに室内を見回し、寝起き特有の機嫌《きげん》の悪さで愚図《ぐず》り出したのに、乳母《うば》がナターシャを王妃の腕《うで》に移動させる。そんな声に中庭で遊んでいた三人の子どもたちが、部屋の中を振り返って明るい声を上げる。

「とーさま！」

「とーさま、カークにーさま！」

「ごはん!?」

草だらけ泥《どろ》だらけになった子どもたちが、口々に言いながら勢いよく部屋の中に飛び込んで来る。それにカークランドが慌てたように向かって世話を焼き始めた。

明るい声が響《ひび》く中、羞恥で真っ赤になっているシェインの手から、刺繍針と布を取り上げると、ランフォードは極《ごく》自然にこめかみに唇《くちびる》を落としてくる。

それが嬉しいやら恥ずかしいやら――。

顔の熱が一向に引かない。どうしたら良いのか分からないまま、シェインはとりあえずランフォードの胸に顔を埋《うず》めた。

第二章

冬らしい、からりと乾《かわ》いた青空の下。

カークランドは憂鬱《ゆううつ》な気持ちを隠して、知己《ちき》である王子たちの出迎《でむか》えのために王城の前に立っていた。

王族が他国に留学する場合、留学先の国王が保護者として身許《みもと》を保証するのが慣例だ。カークランド自身もクアンツェにいる間は、その慣例に従ってクアンツェの国王の保護下にいた。

他国の文化を学ぶこと。そして何より、精神的な自立の意味合いを込めていることから従者などは連れて来ない。クアンツェから双子《ふたご》の王子たちを送ってきたであろう犬獣人《いぬじゅうじん》たちも、国境で出迎えの任に当たっているウェロンの者たちに王子たちを預け、今頃《いまごろ》は帰路に就《つ》いている筈《はず》である。

——どちらかの性格が少しは改善されていると良いのだが。

カークランドが思うことは、そんなことであった。

特に心配なのは、兄王子のフェリシアンの方だ。カークランドが留学していた頃と、少しも性格が変わっていないとなると、遅《おそ》かれ早かれ誰かの逆鱗《げきりん》に触《ふ》れかねない。

到着《とうちゃく》前から憂鬱な溜息《ためいき》を吐《つ》いていると、城下町の見回りに行っていた近衛《このえ》兵団がちょうど帰城して来た。

その中に叔父の姿を見つけて、思わずカークランドはぎょっとする。革製の防具を着けた叔父が共にいるせいか、近衛兵たちの雰囲気《ふんいき》が物々しく緊張感《きんちょうかん》に溢《あふ》れている。国一番の騎士《きし》の名は飾《かざ》りでは無い。どうやら先日、父と話していた近衛兵団の編制の関係で、ランフォードも城下町に出ていたようだ。

「叔父上？」

思わず呼びかければ、ランフォードが新緑色の瞳《ひとみ》を細めて言う。

「カークランド、どうした？」

「——クアンツェの王子たちの出迎えです」

先日の叔父の反応から見て、歓迎《かんげい》すべき事柄《ことがら》では無いだろうが、事実を端的《たんてき》に告げる。

国を挙げての婚礼《こんれい》でも無ければ、重要な任を帯びた使者でも無い。

留学して来た王子たちを出迎えるのだから、それほど畏《かしこ》まった準備もしていない。必要最低限の礼儀《れいぎ》を守って整えた出迎えの者たちの顔触《かおぶ》れを見て、思案するように新緑色の瞳を細めたランフォードは一緒《いっしょ》にいた近衛兵たちに先に城の中に戻《もど》るよう指示を出してから——カークランドの隣に立った。

「叔父上？」

「私も一応、出迎えよう」

その行動が純粋な行為《こうい》ではなく、先に聞いていた人物評に対する警戒《けいかい》だとカークランドはすぐに悟《さと》る。そんな叔父に苦笑《くしょう》してカークランドは言った。

「叔父上が出迎えに立っていることに気付いたら、フェリシアン様は喜びそうです」

率直《そっちょく》な感想をこぼせば、露骨《ろこつ》に迷惑《めいわく》そうな顔をしてランフォードが眉《まゆ》を寄せる。

過剰《かじょう》な憧《あこが》れがとんだ迷惑を引き起こすことを、身を以《もっ》て知っているのだから当然か。過去に弟の第五王子が叔父《おじ》への憧憬《しょうけい》のあまりに、やらかしたことを伝え聞いている身としては、些《いささ》かばつが悪い。

カークランドは溜息を吐いた。

――せめて、叔父の逆鱗に触れることだけは勘弁《かんべん》して欲しい。切実に。

顔には出さないように努めていたのだが、カークランドの不安を嗅《か》ぎ取ったらしく、ランフォードが呟《つぶや》くように言う。

「お前は――心配性《しょう》だな」

「そうですね」

いつまで経《た》っても、父のように泰然《たいぜん》としていられない。

そう思って苦笑をしていたカークランドにかけられたのは、思いも寄らない言葉だった。

「――兄上によく似ている」

「はい？」

今までかけられたことの無い言葉に、カークランドは己《おのれ》の耳を疑った。

「私が、父上に、似ているんですか？」

思わず言葉を区切って聞き返すカークランドに、何をそんなに驚《おどろ》いているのかと言わんばかりの顔をしてランフォードが言う。

「お前は兄上の若い頃に特に似ている。兄上や義姉上《あねうえ》たちから言われないか？」

「いいえ──全然」

　カークランドは、自分が父親に似ていると感じたことは、あまり無い。

　真面目《まじめ》が過ぎる性質で、心配性で──どうすれば父のように飄々《ひょうひょう》と物事に当たれるのか。こんな性格で本当に国王が務まるのかと心配する日々である。

　まじまじとカークランドの顔を見つめたランフォードが、少し考えるような顔をして言う。

「──兄上も、最初から国王だった訳ではない。だから、あまり思い詰《つ》めるな」

　珍《めずら》しく叔父からかけられた励《はげ》ましめいた言葉に、カークランドは目を見開いた。

　カークランドは、あまり叔父と親しく接した覚えが無い。

　物心付いた時から叔父は顔の下半分を革製《かわ》の防具で覆《おお》っていて、表情を殆《ほとん》ど崩《くず》すことも無く淡々《たんたん》としていた。

　何より、カークランドのすぐ下には騒《さわ》がしい三つ子の弟たちがいて、幼いながらに母や乳母を手伝うのに一生懸命《いっしょうけんめい》で、そこまで叔父へ関心を向けたことが無かった。

　剣術《けんじゅつ》を取り分け好むようなことがあれば、少し歳《とし》の離《はな》れた弟であるカーライルのように、騎士ランフォードに憧憬を抱《いだ》いたかも知れないが、カークランドにとって剣術は教養に過ぎなかった。叔父の存在を意識するようになったのは、父から次期国王に正式に指名されて、より本格的な勉強を始めてからである。

　ウェロン王国の武の象徴《しょうちょう》。

近隣《きんりん》諸国から畏怖《いふ》と尊敬を一身に集める存在。次期国王になることが決まったとはいえ、まだまだ未熟過ぎる自分が、どのような態度で叔父に接すれば良いのか。カークランドは留学を終えて帰っての半年、未《いま》だによく分からなかった。

優《すぐ》れた剣は、優れた使い手を選ぶ。

叔父が剣ならば、使い手の騎士は父だ。

誰《だれ》からも一目置かれる武人である叔父から認められている父親の偉大《いだい》さに、及《およ》ばない自分に途方《とほう》に暮れることが、ここ最近は頻繁《ひんぱん》にある。

「……兄上は元々、心配性だぞ」

固まってしまったカークランドに対して、ぽつりと叔父が言葉を紡《つむ》ぐ。

「義姉上が妊娠《にんしん》した時の騒ぎようを見れば分かるだろう。昔は随分《ずいぶん》その性格を気にしていたが、心配する隙《すき》が無いぐらい用意周到になろうと開き直って努力をした結果が今のアレだ。――そもそも、お前はお前だ。兄上と全く同じになる筈が無いだろう」

理性では分かっていることだが、叔父の口から改めて言われると、なんだか心に来るものがある。礼の言葉を述べようとしたところで、ランフォードが真顔で言った。

「そんな心配性な兄上が、お前を指名したんだ。少しは自信を持てば良い。兄上は、義姉上との仲睦《なかむつ》まじい老後を目標に国王をしているようなものだ。そのために、この国の平和は絶対必要だ。――息子《むすこ》だろうとなんだろうと、自分の老後を預けられないと思う者を、次期国王に指名する筈が無いだろう」

──確かに。

下手《へた》な慰《なぐさ》めより、よっぽど説得力のある言葉に思わず納得《なっとく》する。

確かに、精力的に政務をこなす原動力そのものが母である人が、母のためにならないようなことをする筈が無い。

それなのに、父はカークランドを次期国王に指名した。

──自分で思うよりも、父親から信用されているのかも知れない。

最近、自分の器《うつわ》を省《かえり》みて暗澹《あんたん》としていた気分が、少しだけ軽くなった。

そんなカークランドから、ふいと視線を逸《そ》らしてランフォードが言う。

「──あの馬車か？」

カークランドが目を向ければ、確かに迎えにやった馬車だった。

蹄《ひづめ》の音が近くなり、やがて馬車が王城の前で停《と》まる。

御者《ぎょしゃ》が降りて扉《とびら》に手をかけるよりも先に、勢いよく扉が開いて、一人の青年が意気揚々《いきようよう》と姿を現した。犬獣人の王族特有の、垂れた茶色の耳。茶色の尻尾《しっぽ》が、ぶんぶんと勢いよく振《ふ》られている。興奮したような黒い瞳。潑剌《はつらつ》とした表情に不似合いな顔の下半分を覆う革製の防具を着けている。

その姿は間違《まちが》いなくクアンツェの兄王子フェリシアン・エスタ・マーレだった。

そんな兄の後から、いかにも所在なげな顔をして、そろりと姿を現したのは弟王子ジェルマン・エスタ・マーレだ。垂れた茶色の耳と、黒い瞳。フェリシアンが不格好な革製の防具を外してしまえば、この双子の兄弟はそっくりの顔立ちをしているというのに、振る舞《ま》いは真逆だった。弟王子の顔色は、明らかに冴《さ》えない。留学に来た喜びよりも、憂鬱《ゆううつ》の方が勝《まさ》っていると、如実《にょじつ》にその態度が語っている。

一応、知己《ちき》としてカークランドが声をかけようとするよりも先に、フェリシアンが目を輝《かがや》かせて、ずんずんと近寄ってきた。

そして、犬獣人《いぬじゅうじん》の兄王子は声を張り上げて言った。

「ランフォード・フェイ・ルアーノ殿下《でんか》！　お目にかかりたいと、ずっと思っていました！」

ランフォードの隣《となり》に立つカークランドはおろか、他《ほか》の出迎《でむか》えの者たちなど全く視界に入っていない。その態度は、どう考えても印象がよろしくない。そんなフェリシアンの行動を恥《は》じるように、背後のジェルマンが方々に頭を下げて回っている。

――相変わらず、らしい。

クアンツェに留学していた時と変わらない光景に、内心で溜息《ためいき》を吐《つ》くカークランドの耳に、フェリシアンのとんでもない発言が届いたのは次の瞬間《しゅんかん》だった。

「ところで、ランフォード殿下。噂《うわさ》の猫《ねこ》獣人の伴侶《はんりょ》と、無事に別れることは出来ましたか？」

間違いなく、場の空気が固まった。

――よりにもよって叔父上に何を言うんだ、コイツ。

カークランドと出迎えの者たちの心が一つになった瞬間だった。

カークランドは恐《おそ》ろしさのあまり、横にいる叔父の顔を確認《かくにん》するどころか身動きすることすら出来ず、ただ息を殺して事の成り行きを見守った。

ジェルマンが場の雰囲気《ふんいき》を読み取って、顔を真っ青にしながら兄王子の肩《かた》を摑《つか》んで叫《さけ》ぶ。

「フェリシアン！　突然《とつぜん》、何を言い出すんだ⁉」

弟王子の言葉に、何が悪いのか分からないと言いたげにフェリシアンが言う。

「狼獣人《おおかみじゆうじん》と猫獣人の結婚《けつこん》なんて上手《うま》く行く筈《はず》が無いだろう。もしも、上手く別れることが出来ずに難儀《なんぎ》しているのだったら、微力《びりよく》ながら私が手をお貸ししようと思ったまでだ」

堂々と言い切るフェリシアンは、誇《ほこ》らしげに胸を張った。

あまりのことにカークランドは目眩《めまい》を覚えた。そこで思い出したのは、猫獣人の王子を叔父の婚約者に迎えることになったという報《しら》せを聞いた時のフェリシアンの態度である。

――あんな淫乱《いんらん》な種族が、騎士《きし》ランフォードと婚約だなんて似合わない。

大きな声では無いが、不服げに何度もそう繰《く》り返していた。

叔父の結婚式のためにカークランドが一時帰国する折も、しきりに「狼獣人と猫獣人の結婚生活なんて長く続く筈が無い」と言い続けていた。

一国の王子が軽率に他種族への偏見《へんけん》を言い触《ふ》らすものではない。そう何度もクアンツェの国王から窘《たしな》められ、ランフォードとシェインの結婚に対しての批判的な物言いは収まったと思っていたが、考えを改めたのではなく、ただ口にすることを止《や》めただけらしい。

よりにもよって、それをぶつける相手にランフォード本人を選んだところが最悪だ。

怖《こわ》いほどの沈黙《ちんもく》を保っていた叔父が静かに言った。

「まずは——名乗って貰《もら》おうか。君は誰だ？」

冷え冷えとした低い声に、フェリシアンがハッとした顔をしてランフォードに向き直る。

「これは、失礼しました。クアンツェの『次期国王』になります、フェリシアン・エスタ・マーレです」

その名乗りに、後ろに控《ひか》えていたジェルマンが頭の痛そうな顔をしている。

クアンツェの次期国王について、現国王が明言を避《さ》けているのは周知のことだ。他国の王族を前にして、まるで決定事項《じこう》のように自分から後継者《こうけいしゃ》を名乗ることなどあってはならない。

どうやらフェリシアンは、初めての他国——そして憧《あこが》れの騎士を前にして予想以上に舞い上がっているらしい。そのせいで元来の性格に悪い意味で拍車《はくしゃ》がかかっている。

ランフォードは軽く眉《まゆ》を顰《ひそ》めたが、フェリシアンの自己紹介《しょうかい》の内容については触れずに、ただ静かな声で言った。

「ランフォード・フェイ・ルアーノだ。——生憎《あいにく》、私の伴侶はシェイン一人だけだ。別れることなんて有り得ない。余計な口出しは無用だ」

冷ややかに突《つ》き放す声で告げるランフォードの言葉は、残念なことにフェリシアンには通じなかった。

「貴方《あなた》ほど高名な騎士が、どうして猫獣人のような淫奔《いんぽん》な種族を伴侶にしたのですか？」

——頼《たの》むから、もう口を開かないでくれ。

カークランドは切実にそう思った。

横にいる叔父《おじ》に視線をやることが出来ない。

怖すぎる。

いつぞや狐獣人《きつねじゅうじん》の使者がやって来て、遠回しに伴侶を貶《けな》した時だって、叔父は目を向けるのも怖いほど怒《いか》り狂《くる》っていたというのに。まだ顔も合わせていない内から伴侶を貶されて、叔父がどんな反応をするのか。見たくない。考えるのも恐ろしい。

自分が正しいと信じて疑っていない顔のフェリシアンに、ランフォードが吹《ふ》き抜《ぬ》ける風より冷たい声で言った。

「——クアンツェの王子は、大した教育を受けているらしい」

その言葉にフェリシアンではなく、後ろのジェルマンが顔を青くした。

フェリシアンの言葉が、ウェロンの王弟妃《おうていひ》に対するクアンツェの総意だと取られては不味《まず》いと分かっているのだろう。しかし、兄王子のあまりな発言を、どう取り繕《つくろ》えばいいのか考え付かず思考が停止しているらしい。

そんな顔をして尻拭《しりぬぐ》いに駆《か》けずり回るぐらいなら、さっさと腹を決めて次期国王に立候補すれば良いものを。そうすれば、少なくともこの惨状《さんじょう》は生まれなかった。

カークランドが双子《ふたご》の力関係に思いを馳《は》せている内に、叔父は双子の王子に見切りを付けたようだった。

カークランドにだけ聞こえるように、低い声でランフォードが囁《ささや》く。

「――お前の見立ては確かだ」

観察眼を褒《ほ》められたのか。しかし、ちっとも嬉《うれ》しくない。

先日、王子たちが留学して来るにあたってカークランドが話した人物評を元に、叔父が下した評価は今日で確固たるものになったようだ。

――馬鹿《ばか》だ、と。

言外に言い捨てた叔父は、踵《きびす》を返して大股《おおまた》に王城へと歩き去っていく。

ようやく辺りに漂《ただよ》う不穏《ふおん》な空気を感じ取ったらしい。眉を寄せたフェリシアンが、不思議そうな顔で弟王子に言う。

「ランフォード殿下は、どうされたんだ？」

「フェリシアン――ランフォード殿下に謝ってくれ、一刻も早く」

青い顔をしながらジェルマンが言い募《つの》るが、フェリシアンは怪訝《けげん》な顔をするばかりだ。

そして、叔父に追いついて形ばかりの謝罪をしたところで火に油を注ぐだけである。

まだ留学が始まったばかりだというのに、既《すで》に疲労困憊《ひろうこんぱい》の気分でカークランドは犬獣人の王子たちに声をかける。

「――とにかく、用意しているお部屋にご案内します」

＊＊＊＊

大股に王城内を闊歩《かっぽ》するランフォードから漂う不穏な気配に、すれ違《ちが》う使用人たちや兵が怯《おび》えている。

王弟として、騎士として。

ただでさえ他者に威圧感《いあつかん》を与《あた》えるランフォードであるから、普段《ふだん》は平静を心がけているのだが、今は気を遣《つか》うほどの余裕《よゆう》が無い。

クアンツェからやって来た兄王子の能天気な言葉が頭の中で反響《はんきょう》して、凶暴《きょうぼう》な気分が増していく。

噂の猫獣人の伴侶と、無事に別れることは出来ましたか？

無事に別れる、なんてことが——あってたまるか。

一度は思いを告げないまま別れを覚悟《かくご》したこともある。

その相手が、他《ほか》の誰《だれ》よりも何よりも自分を選んで側《そば》にいてくれると言ったのだ。

別れるどころか手放すなんて腕《うで》をもがれても有り得ない。身分のせいで別れなければいけない日が来ようものならば、ランフォードはシェインを連れてさっさと国を出て行く。

荒《あ》れ狂うランフォードの頭の中で響《ひび》くのは、今日の朝、愛《いと》しい番《つがい》の口からたどたどしく紡《つむ》がれた挨拶《あいさつ》の声だ。

いってらっしゃい、と。

一つ一つの音が、連なって言葉になる。その言葉に乗せられるのはいつだって純粋《じゅんすい》な思いだけだ。伝えられることの喜びと、ランフォードが決してその音を取り落とすことの無い信頼《しんらい》。

それらを乗せてシェインの口から紡がれる言葉は、とても心地《ここち》が好《よ》い。

幼い頃《ころ》。母親に拒絶《きょぜつ》をされたことから声を捨てた伴侶が、意思を持って言葉を発することが出来るようになったのは、たった半年前だ。

ランス。

ランフォード。

真っ先に呼べるようになったランフォードの名前を繰り返して、菫色《すみれいろ》の瞳《ひとみ》を嬉しそうに細めてシェインが笑う。

純粋な喜びと嬉しさと愛情。

そして、期待することをやめて発することすら諦《あきら》めた声を、他の誰でもなくランフォードに向けてくれる。

無上の信頼。

嗅覚《きゅうかく》でも十分に伝わるそれらの感情が、音を伴《ともな》うようになったことに、ランフォードは幸福で息が止まりそうになる。

おはようから、おやすみまで。

なんの変哲《へんてつ》も無い日常の挨拶を、口にする毎《ごと》にシェインは——この上なく嬉しそうに笑う。それらの言葉を音にして伝える相手が、答えてくれる相手がいることが嬉しいと、そう目が、心が——全身が語っている。

シェインのそんなところが、ランフォードは愛おしくて堪《たま》らない。

唯一《ゆいいつ》の番。

ウェロンの王城内では、ランフォードのシェインに対する溺愛《できあい》は周知のことだ。ヴェルニルにさえ、その話は事実として広まっている。

狼獣人《おおかみじゅうじん》と猫《ねこ》獣人。

確かに珍《めずら》しい組み合わせであるが、だからと言って何も知らない他者から、頭ごなしに関係を決めつけられるようないわれは無い。

猫獣人が性に奔放《ほんぽう》なのは否定出来ない。しかし、猫獣人からすれば狼獣人や犬獣人の方が性に厳格過ぎるのだろう。それは種族の性質上どうしようもない隔《へだ》たりで、それぞれが培《つちか》ってきた文化だ。同意するつもりは無いが、否定するつもりも無い。重要なのは種族にかかわらず個人と、どのような関係を結ぶかということだろう。

ランフォードは、他の誰でもなくシェインを望んだのだ。

そして、シェインはランフォードを選んでくれた。

大事なことはそれだけで、そこに第三者が口を挟《はさ》む余地など無い。

不愉快《ふゆかい》さにランフォードは顔を歪《ゆが》めた。

革製《かわ》の防具で自分と同じように顔の下半分を覆《おお》った犬獣人の兄王子。

黒い瞳にはランフォードへ向ける憧憬《しょうけい》が確かにあった。ランフォードの嗅覚が感じ取ったのは、悪意も害意も無い――ただ、絶対的に自分の正しさを信じて疑わない傲慢《ごうまん》さだった。

いつぞやの狐獣人の使者のような奸計《かんけい》が無いのが、却《かえ》って扱《あつか》いが面倒《めんどう》だと思う。叩《たた》きのめして送り返す、という訳にもいかない。微妙《びみょう》な匙《さじ》加減が必要とされる外交は、ランフォードが苦手として兄に丸投げしたものでもある。

――そもそも犬獣人の国クアンツェでも、番のことへの口出しは礼儀《れいぎ》に反するだろうに。

いつかの甥《おい》の暴挙に似たものを感じて、思わず眉間《みけん》に皺《しわ》が寄る。

あの時の糾弾《きゅうだん》は的外れでシェインの心を揺《ゆ》さぶることは無かったが、放たれた言葉が切っ掛《か》けで、シェインに思い出さなくても良い昔の記憶《きおく》を呼び覚まさせてしまった。

甥も、それに追従した他の若い騎士《きし》たちも今は反省して改心している。

しかし、あの暴挙の根本的な原因が自分にあったということが、ランフォードにとっては今でも許し難《がた》いことだった。自分が何より大切だと思った存在を、自分のせいで傷つける。それはどれだけ悔《く》いても足りるものではない。

――あんな目には、もう遭《あ》わせたくない。

叶《かな》うことなら自分の住まう城に閉じこめて、誰とも顔を合わせることの無いようにしてしまいたいぐらいだが、その欲求はさすがに自重している。その行動はシェインの自由を取り上げる暴挙だということを理解しているからだ。今のところ。

思わず溜息《ためいき》がこぼれて落ちた。

シェインの声が出るようになってから、ランフォードは己《おのれ》の過保護がいっそう増している自覚があった。

小さく自分を呼ぶ拙《つたな》い声。

その声が発するものが嬉しさや喜びだけに満ちていれば良いと思う。

そう思えば思うほど愛おしさが増すのと同時に、凶暴なぐらいの庇護欲《ひごよく》が体の中に渦巻《うずま》いてどうしようも無い。以前は義姉《あね》に対して過保護過ぎる兄に呆《あき》れていたが、己の症状《しょうじょう》が兄より酷《ひど》いことを日に日にランフォードは自覚せざるを得なかった。

先祖譲《ゆず》りの本能が時々、顔を覗《のぞ》かせそうになる瞬間《しゅんかん》がある。

そんなランフォードの様子を察している小柄《こがら》な老医師から「殿下《でんか》が阿呆《あほう》な真似《まね》をしたら、儂《わし》は先王陛下のところへ王弟妃《おうていひ》を連れて逃《に》げますからな」と釘《くぎ》を刺《さ》されることが、最近は特に増えていた。

——本当に、どうしようもない。

ランフォードはシェインを傷つける可能性が少しでもある者は排除《はいじょ》したいし、近寄らせるような真似はしたくない。

思いながら勢いよく足を踏《ふ》み入れた居城は、己と番の匂《にお》いだけに満ちていた。使用人が最低限しか立ち入らないようになったのは、ひとえにランフォードの鋭《するど》すぎる嗅覚と我が儘《まま》のせいだ。

他者の匂いに煩《わずら》わされることなく、番を愛《め》でていたい。

そんなランフォードのどうしようも無い我が儘を叶えてくれているのがシェイン本人だ。家事には慣れていると言って、ランフォードが不在の間はまめまめしく働いてくれている。

伴侶《はんりょ》の心遣いに満ちた空間を大股に突《つ》っ切って、くつろぐための居間を目指した。

顔を覆う防具をむしり取るように外す。

最近、国王夫妻の子どもたちの間では風邪《かぜ》が流行《はや》っていた。

王城の中でもちらほらと体調を崩《くず》す者が出てきている。乾燥《かんそう》と寒さが影響《えいきょう》しているのだろう。お陰でダルニエを中心とした王城の医師たちはてんてこまいの日々を送っている。そのためシェインは、ランフォードと暮らす居城で大人しく留守番の日々を送っていた。

本当は、子どもたちが体調を崩したと聞いて、シェインは看病に名乗りを上げていたのだが、「万が一、シェイン様に風邪が感染《うつ》ったらランスが大変なことになりますから」と、ノエラから丁重《ていちょう》に断りを入れられていた。

実際、義姉の言う通り――ランフォードはシェインが具合を悪くしたら何もかもを放《ほう》り出す自信がある。ランフォードとしてもシェインに手伝いをさせる訳にはいかず、義姉の気遣いをありがたく受け入れた。

何も手伝いが出来ないことに、しばらくしょんぼりしていたシェインだが、今は使用人に頼《たの》んで取り寄せた毛糸と編み棒を使って、せっせと何かを編んでいる。

元々、声を出すことが出来ないシェインは一人の時間を有効に使うのが得意だ。器用な手先を使って、気が付けば自分のやるべきことや出来ることを見つけ出して働いている。家事の合間に編み物にいそしみ、部屋の一番日当たりの良いところで太陽の光を浴びて微睡《まどろ》む。そして、食事の支度《したく》をしてランフォードの帰りを待つのが、最近のシェインの日常だ。

思い切り扉《とびら》を開ければ、足音でランフォードの帰宅を察していたらしいシェインが、長椅子《ながいす》の上で不思議そうな顔をしていた。膝《ひざ》の上には編みかけの毛糸と編み棒が転がっている。

シェインが不思議に思うのも当然だった。

帰宅にしろ食事にしろ、今はあまりにも中途半端《ちゅうとはんぱ》な時間帯だ。

「――ランス？」

どうしたの、と言いたげな顔をして、膝の上の編み物一式を長椅子の上に置いてシェインが立ち上がった。そのままランフォードの方へ歩み寄ってくる。

そんなシェインを捕《つか》まえるように、思い切り両腕《りょううで》で抱《だ》き締《し》めると、ランフォードは番の首筋に顔を埋《うず》めるようにして大きく息を吐《は》いた。

「ランス？」

ランフォードの名前を呼んで、一生懸命《いっしょうけんめい》にシェインが背中に腕を回してくる。

大丈夫《だいじょうぶ》？　怪我《けが》した？　辛《つら》い？　病気？　悲しい？

――心配。

呼びかける声に、ぎゅっと詰《つ》まった感情は、どれもこれもランフォードの身をただ案じるものばかりだ。シェインよりも立派なランフォードの体軀《たいく》をおずおずと抱き締めながら、まるで子どもをあやすように、よしよしと頭を撫《な》でてくるシェインの腕に存分に甘えながらランフォードは低く唸《うな》って名前を呼んだ。

「……シェイン」

「ランス？」

すぐに名前を呼び返してくれる。そんな番《つがい》の薄《うす》い体に頭を押しつけるようにしながら、ランフォードは言う。

「面倒な者が来た」

その言葉に、シェインがきょとんと沈黙《ちんもく》する。あやすようにランフォードの頭を撫でる手も止まった。それに一息でランフォードは言う。

「クアンツェの兄王子が、猫獣人に妙《みょう》な偏見《へんけん》を持っているから近寄らないでくれ」

そもそも、近寄らせるつもりは無い。それでも心配から、そんな忠告が口を衝《つ》いて出る。顔を上げれば、菫色《すみれいろ》の瞳《ひとみ》がぱちぱちと瞬《まばた》きをしていた。

「シェイン？」

「ランス――」

首を傾《かし》げて、何か言いたげな顔をするシェインに掌《てのひら》を差し出せば、そこに文字が綴《つづ》られる。

らんす、へいき？

「……私は別に何でも無いが？」

意図が上手《うま》く汲み取れずに聞き返せば、困ったような顔で更《さら》にシェインが文字を綴る。

らんす、やさしいから、しんぱい。

「——?」

ぼくより、ぼくのこと、しんぱいするから。

たどたどしく精一杯《せいいっぱい》に伝えられる言葉の意図を汲み取って、ランフォードは大きく息を吐いてからシェインを改めて抱き締めなおした。

シェインが案じているのは、番のこととなると過剰《かじょう》に反応して気分を害するランフォードの心の方だったらしい。

ただ、ランフォードに相手の言葉を聞き流すだけの度量が無いだけだ。

事実とかけ離《はな》れた中傷をされたところで、シェインはそれに戸惑《とまど》いはするものの傷付くことはない。そういう意味ではシェインの方が、ランフォードよりよっぽど人間が出来ていると思う。心ない言葉を浴びせられるシェイン本人よりもランフォードが激怒《げきど》するのは、己の大切なものに、言葉を介《かい》してであろうと無遠慮《ぶえんりょ》に触《ふ》れようとする第三者の存在が許し難《がた》いからだ。単なる行き過ぎた独占欲《どくせんよく》だ。

それを「優《やさ》しさ」と捉《とら》えるのは、シェインの見ている世界が優しいからだろう。

裏表も無く、ただ単純に。

ランフォードの身を一心に案じて、それを伝えてくれる。

だから、ランフォードはシェインのことを、どれほど大切にしたって足りないのだ。

「シェイン」

名前を呼んで、極自然《ごく》に口づけを落とす。額や瞼《まぶた》、頬《ほお》——そして唇《くちびる》。順々に口づけていけば、安堵《あんど》と愛情の混じった匂いが相手から立ち上る。唇を啄《ついば》むように吸って、流れるように相手の薄い唇を割って舌を差し入れようとしたところで、ぐいと強く胸を押された。

眉《まゆ》を上げれば、そこには羞恥《しゅうち》で真っ赤になった顔のシェインがいる。

「ランス」

だめ。まだ、おひる。だから、だめ。

快楽で伏《ふ》せられた耳と、丸まった尻尾《しっぽ》。潤《うる》んだ菫色の瞳と、熟《う》れたように真っ赤に染まった顔と首。それでも精一杯、理性を総動員して掌の文字で咎《とが》めてくる番の可愛《かわい》らしすぎる行動に、思わずランフォードの喉《のど》が鳴った。

それから相手の言葉を都合よく取り上げて、ランフォードはシェインに言う。

「——そうだな、夜だな」

そう言って額に口づけると、びくりとシェインの体が震《ふる》える。

毎晩のように睦《むつ》み合っているというのに、一向に色事に不慣れな番にますます笑《え》みを深めながら、ランフォードは伏せられた三角の耳の根本に口づけて囁《ささや》く。

「今日は、なるべく早く帰る」

閨《ねや》の約束を言外に匂わせるランフォードの言葉に、少しだけびくつくように体を震わせたシェインが、それでもおずおずと頷《うなず》いた。

途端《とたん》にこみ上げる愛《いと》おしさに負けて、ランフォードは先ほど咎められたばかりの口づけをシェインに送る。

深いそれを与《あた》えられて、すっかり腰《こし》が抜《ぬ》けてしまったシェインを丁寧に長椅子に座らせる頃《ころ》、ランフォードの機嫌《きげん》はすっかり上向きになっていた。

留学して来たクアンツェの王子が、王弟妃を侮辱《ぶじょく》して王弟の機嫌を損《そこ》ねたという話は、あっという間に王城の中に広まっていった。

＊＊＊＊

唯一無二《ゆいいつむに》の大切な生涯《しょうがい》の伴侶《はんりょ》から、大切に大切に守られている。

だからせめて、自分も同じように伴侶を守りたいとそう思うのだけれど、それがなかなか難しい。

編み棒を動かす手を止めて、シェインは溜息《ためいき》を吐いた。

ここ最近のランフォードは、とにかく忙《いそが》しそうだ。

恐《おそ》らく、シェインと結婚《けっこん》をしてから一番の忙しさではないだろうか。

通常の騎士《きし》団の業務に加えて、近衛《このえ》兵団との打ち合わせやそれに関《かか》わっての外勤も多い。それに加えて、留学して来た犬獣人《いぬじゅうじん》の王子たち——その兄王子がランフォードを騎士として尊敬し慕《した》っているらしく、最低限だと言いながらも、対応に駆《か》り出されることも多いようだ。ランフォードがそんな風に忙しくしているというのに、シェインと言えば居城でランフォードの帰りをただ待っているだけだ。

もちろん、家事はこなしている。それだって立派な仕事であることを、使用人として生きてきた過去からきちんと知っている。けれど、人の上に立って指示を出すという責任を負う伴侶の仕事とは、種類があまりにも違《ちが》う。

――はたして、自分は王弟妃《おうていひ》の務めをきちんと果たせているのだろうか。

そんなことを考えながら、白い毛糸をたっぷりと使って編んだ襟巻《えりま》きの編み目を一つ一つ確《かく》認《にん》してみる。

王妃の子どもたちが風邪《かぜ》を引いている、と聞いてから編み出した防寒具。白い毛糸は銀髪《ぎんぱつ》によく映《は》えるだろう。かつて暮らしていた公爵邸《こうしゃくてい》のメイド頭《がしら》が教えてくれた編み方を思い出しながら、せっせと編み始めたそれは、そろそろ完成に近い。

王城の使用人たちは、他国から嫁《とつ》いだ種族も異なるシェインに対して親切だ。編み棒と毛糸を頼《たの》んだ時も、翌日には大量の毛糸と共に編み棒を届けてくれた。

――満ち足りているし、満たされている。

そんな自分に比べて、明らかに疲《つか》れた様子で外から帰ってくるランフォードを見ると、シェインは居ても立ってもいられない。

心配で胸が潰《つぶ》れそうになってしまう。

おろおろするシェインを見て、感情を読み取る優《すぐ》れた嗅覚《きゅうかく》を持つランフォードは、新緑色の瞳を柔《やわ》らかくするばかりだ。

「疲れているから、癒《い》やしてくれ」

そんな言葉と共に、すっぽりと腕に抱き締められる。ランフォードの体を一生懸命に抱き締め返している内に、口づけを落とされて、それに応《こた》えている内に、いつの間にか寝台《しんだい》の上に運ばれている。そして気が付けば、ランフォードの腕の中で朝を迎《むか》えている。

閨の中のあれこれを思い出してシェインの顔は勝手に赤くなり、黒い尻尾が丸まった。

朝、目を覚ませば新緑色の瞳が優しげに細められていて、挨拶《あいさつ》と共に唇が降ってくる。

――ランスは、疲れないのだろうか。

甲斐甲斐《かいがい》しくシェインの世話を焼いてから、今日も颯爽《さっそう》と仕事に出かけた伴侶の背中を思い出して、純粋《じゅんすい》にそんな疑問が頭を過《よぎ》る。

シェインとしては、せめて夜ぐらいはゆっくりと眠《ねむ》って欲しいと思う。

一度それを理由に就寝《しゅうしん》を促《うなが》したのだが、その時のランフォードの垂れ下がった耳と尻尾と、本人から漂《ただよ》う悲愴《ひそう》感は物凄《ものすご》かった。

まさかランフォードがあそこまで落ち込むと思っておらず、狼狽《うろた》えたシェインは疲れていないのか何度もランフォードに確かめてから、結局いつものように睦みあって眠った。翌朝、目を覚ますと大真面目《おおまじめ》な顔をしたランフォードから「これ以上ないぐらいに癒やされているから、それを私から取り上げないでくれ」と告げられて、シェインは首を傾げた。

悶々《もんもん》と考えながら、シェインは再び編み棒を取り上げた。

もっと気がかりなのは留学中の犬獣人《いぬじゅうじん》の双子《ふたご》の兄王子――フェリシアン・エスタ・マーレのことである。

気を付けるように、とランフォードに忠告されて以来、幸いなことにシェインはその相手と顔を合わせたことはない。

しかし、騎士団に所属しているその犬獣人の王子は「猫獣人など騎士ランフォードに相応《ふさわ》しくない」と何度も何度もランフォード本人に進言を繰《く》り返しているらしい。

例の犬獣人の王子についてランフォードはあからさまに口を閉《と》ざす。それを訝《いぶか》しんだシェインが、物品を届けに来た使用人に訊《たず》ねると、ひどく言い難《にく》そうな顔をしながらも、そんなことを教えてくれた。

シェインは大きく溜息を吐《つ》く。

別にシェインは何を言われても構わない。

猫獣人が狼《おおかみ》獣人に比べて性に奔放《ほんぽう》だというのは、事実である。けれど、シェインがそれに当てはまるかどうかと言われれば違う。

――それだけのことだ。

シェインの大切な人が、シェインのことをきちんと分かっていてくれるのなら、それで良いのだ。誰《だれ》に何を言われたところで気にしない。

それよりも心配なのは、シェインのことについて、シェイン本人より敏感《びんかん》なランフォードの心の方だ。

シェインのためにランフォードが怒《おこ》ってくれるのは嬉《うれ》しい。

そんな優《やさ》しさを持ち合わせているランフォードだから好きなのだと思う。

けれど、見当違いな第三者からの言葉に向ける怒《いか》りで、ランフォードの心が疲れてしまうことの方が心配だった。

体の傷は治る。

けれど、心の傷は一度ついてしまえば容易に治らない。

細かい傷であろうと、なんだろうと、傷は傷だ。

その傷を癒やすことが、どれほど大変か――それをシェインは誰よりも知っている。

覚えてもいない幼い頃に手放した声。

ウェロンに来る前に、優しい「家族たち」に囲まれていても取り戻《もど》すことが出来なかったそれを、半年前にシェインが取り戻したのは――ランフォードと共にいることを改めて決めたからだ。

過去を置いて、幸せになると決めたから。

シェインの心を、言葉を。

一つ残らず、きちんと拾い上げて受け止めてくれる優しい人。

初めて会った時から、ずっと変わらない新緑色。呼べば必ず応《こた》えてくれる声。

ランフォードの側《そば》にいるためには、守られているばかりでは駄目《だめ》なのだ。

側にと望まれて、シェインもランフォードの側にいることを望んだ。

だから、その心を守りたいと思う。

そんなことを思っている間に、手の中の襟巻きは綺麗《きれい》に編み上がった。

編み棒を外して、出来映えを確認する。

端《はし》のあたりの留めが甘くなっていないかを確認して、出来映えに頷きながらそれを腕《うで》の中にしっかりと抱《だ》き込んでシェインは自分に言い聞かせるように思う。


——強く、なる。


何が出来るかは分からないけれど、とにかく、そうなろうと心に決める。

きちんと胸にその決意を置けば、もやもやとしていた気持ちはすっきりと晴れた。

シェインは改めて出来上がった襟巻きを広げてみる。真っ白な毛糸で編み上げたそれは、ランフォードの銀髪によく映えるに違いなかった。

菫色《すみれいろ》の瞳《ひとみ》を細めてシェインは微笑《ほほえ》む。最近、冬の外気に体を冷やして帰ってくる伴侶へのささやかな贈《おく》り物だ。もちろん国王夫妻の子どもたちの襟巻きも編むつもりだ。まだまだ遊びたい盛《さか》りの子どもたちに、防寒具はいくらあっても無駄にはならない。

ひとまず、ランフォードへの贈り物の襟巻きを戸棚《とだな》にしまいこみ、新しい毛糸を取り出したところで、足音がした。

「――シェイン？」

探すように名前を呼ぶ声は紛《まぎ》れもなく、先ほどまで思い浮《う》かべていたランフォードのものだった。いつぞやと同じ――早すぎる帰宅にシェインは首を傾《かし》げながら毛糸と編み棒を手に声のした方へと急いで向かう。

「ランス？」

どうしたの、と問いかけるように名前を呼ぶ。ランフォードはちょうど、いつも外で使っている顔を覆《おお》う革《かわ》製の防具を乱暴に卓《たく》の上に放《ほう》り出したところだった。シェインの方を振《ふ》り返った伴侶の眉間《みけん》には、くっきりと深い皺《しわ》が刻まれていた。

きょとんと瞬《まばた》きをして、シェインは思わず手を伸《の》ばす。

その意図を察したようにランフォードが身を屈《かが》めた。シェインがランフォードの眉間の皺を優しく揉《も》んで擦《さす》ってやっていると、気の抜《ぬ》けた様子で溜息《ためいき》を吐いたランフォードがシェインの体を抱き込んだ。

「ランス？」

大丈夫《だいじょうぶ》だろうか。

そんな思いで相手の背中に手を回して擦ってやると、ランフォードが大きく息を吐いてから言う。

「悪い知らせだ」

「……？」

「クアンツェの王子たちとの晩餐《ばんさん》を一緒《いっしょ》にすることが決まった」

憮然《ぶぜん》とした調子の知らせは、予想外だが驚《おどろ》くほどのものではない。

王族が留学して来ているのだから、一度ぐらい公式の場で挨拶を交《か》わすのが礼儀《れいぎ》だろう。

「会わせたくない……」

シェインの体を抱き締《し》めて、そんなことを呟《つぶや》くランフォードの心配が痛いぐらいに伝わってくる。先ほどの決意を思い出して、大丈夫だという気持ちを込めてシェインはランフォードに回していた腕に力を込めると、こめかみに口づけた。

そんなシェインの行動に、大きく息を吐きながらランフォードが言う。

「――会わせたくない」

ランフォードの言葉に、シェインは眉《まゆ》を下げた。

不安を和《やわ》らげるための行動だったのだが、却《かえ》って不安を煽《あお》ってしまったのだろうか。

困ったように首を傾げたシェインの唇《くちびる》を、ランフォードの唇が奪《うば》うように塞《ふさ》いだのは、それからすぐのことである。

＊＊＊＊

カークランドは憂鬱《ゆううつ》な溜息を吐いた。

これから晩餐が始まると思うと、胃のあたりが痛くて堪《たま》らない。

クアンツェから双子の王子たちが留学して来て、まだ一週間も経《た》っていない。思いの外、手のかかる双子の王子たちの対応に追われて、カークランドは既《すで》に一ヶ月以上が経過したような錯覚《さっかく》に襲《おそ》われている。

——これなら、スーとミューの子守《こもり》の方がよっぽど楽だ。

同じ双子とはいえ四歳の妹弟と、他国の十八歳の王子たちを比べるのは失礼かも知れないが——それがカークランドの正直な気持ちであるのだから仕方がない。

それぐらいクアンツェからやって来た犬獣人《いぬじゆうじん》の王子たちは手がかかった。

希望通りに騎士《きし》団の任務に就《つ》くことになったフェリシアンは、自分が憧《あこが》れの騎士ランフォードと同じ所属で無いことを知って癇癪《かんしやく》を起こした。実力主義のウェロンの中で、騎士団は取り分け実力が重んじられる場所である。他国の王族だから、という理由で無闇《むやみ》に所属を上げたりしない。むしろ実力の伴《ともな》わない者に過ぎた任務を与《あた》えるのは酷《こく》だと判断して、相応《ふさわ》しい階級をあてがうのが優しさだった。

しかし、フェリシアンにその理屈《りくつ》は通じなかったらしい。

また、己《おのれ》の嗅覚《きゆうかく》を過信していることが、騎士団の他《ほか》の者たちとの交流の妨《さまた》げになっている。

そもそも、フェリシアンの嗅覚は、大ざっぱにその場の人たちの感情を読み取るぐらいしか出来ない。そんなものは嗅覚に頼《たよ》らずとも、会話の流れや顔色で多くの人が読み取っていることだ。それなのに、フェリシアンの場合は全《すべ》て嗅覚を頼りにしている。己で考えて、その場の空気を読み取ろうという努力を全て投げ出していた。いくら嗅覚が鋭敏《えいびん》でも、それでは何の意味も無いだろうに。

加えて、ランフォードに憧れて鼻を覆う革製の防具を愛用していることが裏目に出ている。革製の防具越《ご》しに場を支配する感情を読み取れるほど、フェリシアンは鼻が良い訳では無いらしい。

悪気の無い己を過信した発言や、他者への配慮《はいりょ》に欠けた言葉を繰《く》り出し、それに周囲の者たちが冷ややかな視線を向けたところで、ようやく顔の覆いを取って場の匂《にお》いを確かめる。当然、フェリシアンに好意的な感情を抱《いだ》いている者などおらず、そのことに対して憤《いきどお》る。そこで己の発言を省《かえり》みることなく、己の才能への嫉妬《しっと》だと思い込む。そして、更《さら》に発言が過激になり、評判を下げていく——という完全な悪循環《あくじゅんかん》に陥《おちい》っていた。

そんな双子《ふたご》の兄の窮状《きゅうじょう》に、弟であるジェルマンは何をしているのかと言えば——兄の様子を耳に入れているにもかかわらず何もしようとしない。自分の視界に兄がいなくなった途端《とたん》に、「ですが、兄は騎士団の所属になったのですから」と言って、今まで行ってきた最低限の尻拭《しりぬぐ》いを止《や》めてしまった。自分以外の誰《だれ》かがやれば良い。そんな態度が透《す》けて見える無責任なジェルマンに、フェリシアンの態度について苦言を呈《てい》したカークランドは絶句した。ジェルマンは本来の目的である留学についても、やる気が無いのが丸わかりで、学ぼうとする姿勢が一切《いっさい》見られない。ただ、言われたことを無難にこなすだけ。そして、まるでこの世の不幸を何もかも自分が背負っていると言わんばかりの溜息を吐《つ》いている。

どちらも他国に留学する王子の態度では無い。

関係各所に――最終的には国に対して、失礼が過ぎる。

フェリシアンとジェルマンの所業について、城の中を駆《か》け回ってあちこちに頭を下げて回るのは、結局王子たちと年齢《ねんれい》も近く知己《ちき》であるカークランドの仕事になった。

そして、そのことに王子たちは何も感じていないどころか気付いてもいないようだった。そうやって他人になんとかして貰《もら》うことに慣れているのだろう。そして、それを当たり前だとしか思っていない。

――二人とも、あまりにも子ども過ぎる。

上に立つ者としても、普《ふ》通《つう》の人間としても、あまりに想像力が欠けていた。

カークランドがクアンツェに留学していた頃《ころ》は、まだ二人ともマシだったように思う。しかし、あれは周囲の者たちが、カークランドに気付かれないように王子たちのために動き回っていたからなのだろう。周囲の支援《しえん》が無い中で、本来の王子たちの性格が露《あら》わになっただけなのだろうが――あまりにも酷《ひど》い。

そして、今夜はそんな王子たちと並んで晩餐を取らなければならない。

参加するのは国王と王弟《おうてい》夫妻。そしてカークランドだけだ。

王妃《おうひ》のノエラが不参加なのは、カークランドの妹弟たちの間で風邪《かぜ》が流行《はや》っており、その看病に追われているせいである。どうにも今年の風邪は性質《たち》が悪いらしい。城にいる年少の妹弟たちは、順番に熱を出しては寝込《ねこ》み、ぐずぐずと症状《しょうじょう》を引きずっているようで、なかなか快復に至らないそうだ。

カークランドの母であるノエラは、普段はおっとりと穏《おだ》やかな顔をしているが、一度怒《おこ》ると物凄《ものすご》く恐《おそ》ろしい。子どもの頃からの刷り込みもあるが、とにかく怒ると迫力《はくりょく》が凄《すさ》まじいのだ。

もちろん、外交の席で感情のままに怒るようなことは、王妃としてしない。その代わり、にこにこと笑顔《えがお》で相手の急所を的確に貫《つらぬ》いていく。そして、その相手が去った後に怒りを爆発《ばくはつ》させる。あまりの迫力に、カークランドは未《いま》だに身を縮めて怒りの嵐《あらし》が過ぎ去るのを待つことしか出来ない。そんな王妃をうっとりと見つめて嬉《うれ》しそうな顔をしているのは、国王である父だけだ。

そして、ノエラが同席していたのならば、この子ども過ぎる王子たちに間違《まちが》いなくキツいお灸《きゅう》の一つや二つ据《す》えて反省を促《うなが》しただろう。

――母上が出席しなかったのは、良かったのか悪かったのか。

どう転んでも良い結果が思い浮かばない。

同席する王弟――叔父《おじ》のランフォードに、初対面から王子たちは見限られている。

出会ってすぐ、他人の番《つがい》について口を出す。兄がやったこととはいえ、弟はそれに対しての謝罪も出来ない。

最悪だ。

あの短時間で見限られても、実際仕方がないとカークランドは思っている。

しかも、当のフェリシアンは全く懲《こ》りていない。

騎士団でランフォードを見かける度《たび》に、「猫獣人《ねこじゅうじん》は淫奔《いんぽん》だから狼《おおかみ》獣人には相応しくない」と懲りずに持論を進言し続けているのだから、頭を抱《かか》えるしかない。

嗅覚の優《すぐ》れた自分は、騎士ランフォードと同類――あるいは同等だと思っているのだろう。

だから臆《おく》することも無いのだろうが、それにしたって意見する内容が最悪だ。

無礼が過ぎる言葉に、周囲にいる騎士団の者たちが気分を害しているのにも気付いていないというのだから、本当にどうしようも無い。

そして、今日は散々「王弟妃に相応しくない」と進言し続けた王弟妃シェインとの初顔合わせである。

晩餐会が開かれると聞いて、叔父が番を出席させることを渋《しぶ》りに渋り、国王である父が根気強く説得しての出席である。

王妃のように子どもの看病という分かりやすい理由があるのならばともかく、ただ王弟が「会わせたくない」と思ったからという理由で王弟妃が晩餐を欠席するのは、さすがに申し訳が立たない。欠席を理由に、またあらぬことを言い立てる隙《すき》を与えかねない。懇々《こんこん》とさとされて、国王の言葉を受け入れた叔父は、新緑色の瞳《ひとみ》を物騒《ぶっそう》に光らせていた。

頼《たの》むから余計なことは言わないでくれ――。

そんな切実なカークランドの願いは、残念なことに叶《かな》わなかった。

さすがに晩餐の席に革《かわ》の防具はいただけないとジェルマンに説得されたのか、顔を晒《さら》して食堂に姿を現したフェリシアンは、無遠慮《ぶえんりょ》なほど興味津々《きょうみしんしん》にシェインのことを見つめていた。

猫獣人の国ヴェルニルと、犬獣人の国クアンツェは、地理的な問題もあってあまり交流が盛《さか》んではない。

もしかしたら、フェリシアンにとってはシェインが生まれて初めて見る猫獣人なのかも知れない。しかし、それにしても——じろじろと好奇心《こうきしん》丸出しに眺《なが》める視線は、不作法と不躾《ぶしつけ》が過ぎる。

紹介《しょうかい》をされたシェインがたじろぎ、叔父が不機嫌《ふきげん》になるぐらいに、あからさまな視線だった。さすがに隣《となり》に座っていると兄の不作法は見過ごせないのか、ジェルマンが何度か肘《ひじ》でフェリシアンの脇腹《わきばら》を突《つつ》いているのがカークランドの席から見えた。

しかし、その程度のことではフェリシアンの口は止まらなかった。

「ランフォード殿下《でんか》。そんなに番に匂いづけをなさっているのは、やはり猫獣人が淫奔だからでしょう？　信用出来ない相手を番として側《そば》においておくのは、お辛《つら》くありませんか？」

だから、やはり猫獣人とは別れるべきだ。

そんな思いを滲《にじ》ませて、己《おのれ》が間違っているとは欠片《かけら》も思っていない調子で放たれたフェリシアンの言葉に、カークランドは食卓《しょくたく》に頭を打ち付けたくなった。

——どんなに嗅覚が発達していようと、他人の気持ちをここまで汲《く》み取れないのなら、なんの意味も無い。

そして、思い込みもここまでいくと迷惑《めいわく》を通り越《こ》して災厄《さいやく》じみている。

カークランドが取りなしの言葉をかけるよりも、早く。

ぶわり、と叔父の席から殺気が迸《ほとばし》った。

それにジェルマンが小さく悲鳴を上げた。殺気を向けられたフェリシアンは、何がそんなに叔父の怒りを買ったのか理解出来ていないらしい。ぽかんとした顔をして、叔父の顔をただ眺めている。

この晩餐の主催者《しゅさいしゃ》である国王——父は、そんな犬獣人《いぬじゅうじん》たちを呆《あき》れたように眺めている。不幸にも晩餐の給仕《きゅうじ》にあたっていた使用人たちは、一様に顔を青ざめさせた。

ウェロンの王城に住まう者ならば、子どもから大人まで全員が理解している。

騎士《きし》ランフォードが、丹念《たんねん》に、頭のてっぺんから足の爪先《つまさき》まで匂いづけを王弟妃であるシェインに行っているのは、浮気《うわき》防止のためなんかではなく、単に猫獣人である己の番のことが——どうしようもなく好きで好きで堪《たま》らないからである。

それ以上でも、以下でもない。

他人にその匂いの欠片も感じさせたくないという、執着心《しゅうちゃくしん》と独占欲《どくせんよく》だ。そして、この相手は自分のものだと他者に知らしめて威嚇《いかく》している。ただ、それだけのことだ。

——あんなに叔父上の匂いがついている人を、どうにかしようなんて馬鹿《ばか》がこの国にいるわけないでしょう。

そうぼやいていたのは、カークランドの一つ下の騒《さわ》がしい三つ子の弟たちだ。

丹念過ぎる強烈《きょうれつ》な匂《にお》いづけ。それに閨《ねや》の行為《こうい》を想起させられて、自称《じしょう》お年頃《としごろ》の三つ子の弟たちはぎゃんぎゃんと騒ぎ立てていたが――カークランドは、今頃は騎士団でそれぞれ任務に就《つ》いているだろう弟たちに改めて知らせてやりたくなる。

それが分からない馬鹿が、この国以外にはいたらしい、と。

そもそも今までの発言は全《すべ》て猫獣人が皆《みな》淫奔であるという、フェリシアンの根拠《こんきょ》の無い思い込みから来るものである。

カークランドは決してシェインと親しい訳ではない。しかし、シェインがフェリシアンの言うような「淫奔」で無いことは知っている。それぐらい、日頃の態度を見ていれば分かる。

匂いづけこそ出来ないものの、ランフォードにとってシェインが一番であるように、シェインの一番もまたランフォードなのだ。

それぐらい確固とした信頼《しんらい》と愛情が、二人からは垣間見《かいまみ》える。

少し観察すれば二人の仲睦《なかむつ》まじさなど一目瞭然《いちもくりょうぜん》であるというのに、それを怠《おこた》って思い込みと偏見《へんけん》だけで離婚《りこん》を勧《すす》めるなど言語道断だ。

――せめて首は飛ばさないでやって下さい、叔父上。

クアンツェの国王夫妻は、遅《おそ》くに授《さず》かった双子《ふたご》の息子《むすこ》たちを大切にしている。わざわざカークランドにまで「不出来な息子たちで申し訳ないが、くれぐれもよろしく頼む」と書状を送ってきたぐらいだ。どれだけ失礼なことをしようと相手は一応、一国の王子なのだ。下手《へた》に危害を加えたら厄介《やっかい》なことになる。

ランフォードから漂《ただよ》う殺気に、誰《だれ》もが口を開けず、身動きも出来ない。

そんな緊張《きんちょう》に満ちた沈黙《ちんもく》を破ったのは――ランフォードの隣で事の成り行きを眺めていたシェインだった。

声の出せない猫獣人の王弟妃《おうていひ》は、ごくごく自然な動作でランフォードの手を握《にぎ》った。

そうすれば、フェリシアンのことを斬《き》り殺さんばかりの勢いで殺気を放っていた叔父の新緑色の瞳が心なしか緩《ゆる》む。そのままシェインが、ランフォードの袖《そで》を引いた。それにランフォードの視線は、顔ごとシェインに向けられる。シェインが再びランフォードの手を取れば、極自《ごく》然に叔父が掌《てのひら》を上向きにして差し出した。

そのランフォードの掌に、シェインがそうっと指を滑《すべ》らせた。

声の出ない王弟妃は、いくつかの言葉を指でランフォードの掌に綴《つづ》ると、その言葉の返事を待つように顔を上げてじっとランフォードを見つめた。

菫色《すみれいろ》の瞳が一心に叔父を見つめている。

そんな伴侶《はんりょ》の顔をしばらく見つめていたランフォードは、やがて小さく息を吐《は》き出した。そのまま、シェインの手に指を絡《から》めて握る。

ほっ、とした顔でシェインが微笑《ほほえ》むと、恐《おそ》らく繋《つな》がれたままであろう王弟夫妻の手は、食卓の下に隠《かく》れた。

たったそれだけで、ランフォードの漲《みなぎ》っていた殺気が消えていることに、カークランドは驚《おどろ》いた。そして、安堵《あんど》した。

――フェリシアンの首は、ひとまず無事らしい。

極限の緊張状態から解放されて、カークランドは息を吐く。

叔父《おじ》はフェリシアンの存在そのものを無視することに決めたようだ。一瞥《いちべつ》もくれようとしない。食堂に控《ひか》えていた使用人たちにも、安堵した表情が浮《う》かぶ。そんな中、口を開いたのはレンフォードだった。

「フェリシアン殿《どの》、騎士団の活動はどうかな？」

当たり障《さわ》りのない無難な話題だ。ランフォードから何の返答も無いことが不満らしく、唇《くちびる》を尖《とが》らせながらもフェリシアンが言った。

「不慣れなことも多いですが、頑張《がんば》っています」

「それは何よりだ。ところで、フェリシアン殿の名乗りについて聞きたいことがあるのだが——クアンツェの国王はいつ次期国王を決められたのかな？」

自己紹介の時、フェリシアンは己のことを「次期国王」と決定事項《じこう》のように告げる癖《くせ》が抜《ぬ》けていない。

にこにこと笑《え》みを浮かべながら訊《たず》ねる父親の深緑色の目は、全く笑っていなかった。しかし、その質問の意図を考えることもせず、フェリシアンが威勢《いせい》良く口を開く。

「私が次期国王になるのは周知の事実です。改めて、父が周知するまでも無いことです」

「——フェリシアン殿はそう言っているが、ジェルマン殿？　どうなのかな？」

他国で無責任な言動を繰《く》り返す兄王子のことを責められている。それを感じ取れるだけあって、弟王子——ジェルマンの顔は蒼白《そうはく》になっていた。国王からの問いに、しどろもどろにジェルマンが答える。

「ち、父は、まだ正式な後継《こうけい》を決めておりません」

口籠《くちご》もるジェルマンの返答に、苛立《いらだ》ったようにフェリシアンが割って入った。

「国王の座は長子が継《つ》ぐのが普通《ふつう》でしょう。後継が分かり切っているのに、わざわざ周知する必要は無いのでは？」

「長子といっても、フェリシアン殿とジェルマン殿は双子だろう？」

「しかし、私は先祖譲《ゆず》りの嗅覚《きゅうかく》がありますから。私を後継者から外す理由など無いでしょう」

当たり前の顔で、そんなことを言う。

どれだけ優《すぐ》れた嗅覚があろうと、それを使いこなせていなければ何の意味も無いではないか。

そうカークランドは思う。それは父のレンフォードも同じだったようで、ゆったりと笑いながら言う。

「嗅覚が優れているという理由だけで、国王になれるものかな？」

レンフォードの問いに、自信満々にフェリシアンが答える。

「ええ、もちろん」

ジェルマンが顔を青ざめさせて、双子の兄にしきりと目配せをしている。しかし、弟からの合図をフェリシアンは簡単に見逃《みのが》した。カークランドは天井《てんじょう》を見上げたくなった。

――その鼻は飾《かざ》りか。

レンフォードが、更《さら》に言葉を続ける。

「貴殿《きでん》の理屈《りくつ》だと、私よりもランフォードの方が国王に相応《ふさわ》しいようだな？」

「はい、もちろん」

堂々と言い切った兄の言葉に、ジェルマンが顔を覆《おお》った。

周囲の使用人たちからは、フェリシアンに対する微《かす》かな反発を込めた失笑《しっしょう》が上がる。

――他国の王に、堂々と王座が相応しくないと言う奴《やつ》が、どこにいるのか。

他国の王に対してであれ、物怖《ものお》じせずに堂々と意見を述べることは確かに必要だ。しかし、なんでもかんでも正直に意見を告げれば良いというものではない。

これはレンフォードからフェリシアンに対しての簡単な試験だ。他国の者と外交をするだけの器量があるかどうか。王座に就くに相応しい者かどうか。

そして、その試験の結果は見た通り惨憺《さんたん》たるものに終わったらしい。

行き過ぎた発言が面白《おもしろ》くなって来たようで、父は軽い口調のままに問いを重ねていく。

父の人の悪いところが出ている、とカークランドは遠い目をしながら思った。

「それはランフォードが嗅覚に優れているからか？」

「はい、その通りです。騎士《きし》ランフォードの名前は大陸に轟《とどろ》いています。国王に相応しいのは、誰もが知るところだと思います」

「それなら、なぜ私は今こうして国王をやっているのだろうな？」

「それはランフォード殿下が次男であったからでしょう」

その言葉に、さすがのカークランドもむっとした。

人の父親に対して、他国の王に対して。今の発言は、ただ生まれた順番に恵《めぐ》まれていたから得た王位だろうと言っているようなものではないか。

フェリシアンは、どこまでも胸を張っている。

その横でジェルマンが絶望的な顔をしていた。

その様子にカークランドの胸に苛立ちが湧《わ》く。

兄の行動が非常識と分かっているのなら、力尽《ちからず》くでも止めれば良いだろうに。

ジェルマンの行動は、なにもかもが中途半端《ちゅうとはんぱ》なのだ。学者になりたいと言いながら、王位継承権を拒否《きょひ》しない。兄の行動を口先で諫《いさ》めながら、根本から改めさせようとしない。留学に乗り気でないのなら、それを断れば良いのに、結局こうして留学して来ている。それでいて、やる気は無い。

何がしたいのだ、一体。先ほどとは違《ちが》った理由でぴりつく食堂で、動いたのはカークランドにとって意外な人物だった。

静かに席に座していた黒猫《くろねこ》の王弟妃が、すっと片手を挙げた。

それにレンフォードも驚いたような顔をした。食堂に控える使用人たちも同様で、目を見開いている。

そして、王弟妃の横に座るランフォードも、己《おのれ》の番《つがい》の行動を驚いたように見つめている。

犬獣人《いぬじゅうじん》の双子の王子たちも、まさか王弟妃が何かしらの動きを見せるとは思っていなかったらしい。声が出ないというのは周知のことだ。加えて、先ほどフェリシアンが散々な言葉を浴びせても、それらを聞き流して場を丸く収めたことから、自ら行動を起こすような人ではないと侮《あなど》っていたのかも知れない。

実のところ、カークランドも、この場で王弟妃のシェインが何かをするとは思ってもいなかった。カークランドのシェインの印象は、叔父《おじ》の腕《うで》の中で微笑む人というものだ。叔父の過保護や声が出ないということも手伝って、儚《はかな》げな印象さえある。だから、こんな風に晩餐《ばんさん》の席で自分から他国の王子に働きかけをすることがあるとは思いもしない。

ランフォードが差し出した掌に、シェインが指を滑らせる。声の出ない王弟妃のために、ランフォードが当然のように声を出して、フェリシアンに告げる。

「『私の義兄《あに》に失礼なことを言うのはやめて下さい』」

その言葉に、場が静まり返った。

ランフォードの横に座るシェインは、菫色《すみれいろ》の瞳《ひとみ》で、じっとフェリシアンを見つめている。

感情任せに怒《いか》り狂《くる》うこともせず、笑顔で毒のある言葉を吐《は》く訳でもない。

ただ純然たる抗議《こうぎ》と非難を乗せて、視線を揺《ゆ》らすこともなく——じっと相手を見つめるシェインの姿は、カークランドから見て、とても凛《りん》としている。

カークランドの中で、シェインの印象は叔父の大切な番で——ひたすらに守られる人というものだった。だから、その人が、こんな風に伴侶《はんりょ》の手を借りてとはいえ、はっきり物を言うとは思いもしなかった。

無意識にシェインを侮るような考えをしていた自分に気付いて、カークランドは恥《は》じ入った。

カークランドと同様に、王弟妃から言動を咎《とが》められるなど思ってもいなかったらしい。驚きと共に軽く眉《まゆ》を顰《ひそ》めたフェリシアンが、何かしらの言葉を口にしようとして——不意に口を動かすことを止《や》めた。

驚いたように、まじまじ、と。

先ほども不躾《ぶしつけ》な視線を送っていたというのに、まるで今初めてシェインの顔を見たように、何度も瞬《まばた》きをしながらシェインに見入る。

そんなフェリシアンの様子に、カークランドは嫌《いや》な予感を覚えた。

淫奔《いんぽん》な猫獣人が何を言う。

そう勢い任せに罵《のの》りの言葉を発してもおかしくないというのに、吸い寄せられたようにシェインの菫色の瞳を見つめるフェリシアンの様子は明らかにおかしかった。

たった数秒。

しかし、息苦しく長い沈黙《ちんもく》。

それを破ったのは、国王であるレンフォードだった。

「ジェルマン殿。君の兄上を連れて部屋に帰ると良い。今日の晩餐はこれでおしまいだ」

唐突《とうとつ》な閉会の宣言に、ジェルマンが弾《はじ》かれたように顔を上げる。

「私の義弟《おとうと》がどうして君の兄を咎めているのか、君は理解出来ているだろう？　自分の発言がどうまずかったのか。それを君の兄に、きちんと教えて聞かせてやりなさい。それから、君たちはこの留学の意味をもう少し考えるべきだ。——悪いが、今日の件はクアンツェの国王夫妻にも手紙で伝えさせて貰《もら》う」

ただの子どもの戯《ざ》れ言《ごと》の一線を越《こ》えている。

そうしっかりと釘《くぎ》を刺《さ》して、にこやかにレンフォードが手を振《ふ》った。

顔を青ざめさせたジェルマンが無言で何度も頷《うなず》いて、惚《ほう》けたようにシェインに見入るフェリシアンの腕を取った。そのままフェリシアンを引きずるようにして、ジェルマンが退出すると、食堂の空気は一気に緩《ゆる》んだ。

ランフォードが新緑色の瞳を鋭《するど》くして、犬獣人の王子たちが去った扉《とびら》を見つめている。

予想よりも遥《はる》かに悪い結末に、カークランドは胃のあたりを擦《さす》った。

——スーとミューの方が行儀《ぎょうぎ》も良ければ、礼儀もなっている。

まだ四歳の妹弟たちのことを思い浮《う》かべながら、背もたれに寄りかかってカークランドは息を吐く。

それと同時にレンフォードが席を立った。

国王が無言のまま、ずんずんと王弟夫妻の席へと近寄っていく。

そんなレンフォードの動きに気付いたらしいランフォードが、扉に向けていた険しい視線を外す。それから、心底嫌そうな顔をして隣《となり》の席のシェインを抱《だ》き上げた。

そのままランフォードが素早《すばや》く席を立つ。

背中を向けて歩き出そうとする叔父に、父が先ほどのいかにも国王然とした態度を崩《くず》して叫《さけ》んだ。

「こら、ランス！　シェインを隠《かく》すな！」

叔父の腕の中のシェインが瞬きをしているのが見えた。

きょとんとした菫色の瞳は、先ほどの凛とした様子とかけ離《はな》れていて、どこか幼くあどけない。そして、なぜかその耳が伏《ふ》せられて、尻尾《しっぽ》が垂れている。

叔父の腕の中で悄然《しょうぜん》とするシェインの様子に、カークランドは首を傾《かし》げた。

──礼を欠いたフェリシアンの言葉に対して、見事な対応だったのに、何を落ち込む必要があるのだろうか。

そんなことを思うカークランドの目の前で、ランフォードが腕の中の番を隠すようにしながら、冷ややかに言う。

「もう晩餐は終わっただろう。私とシェインは帰る」

それにレンフォードが焦《じ》れったそうに両腕《りょううで》を広げる。

「お礼ぐらい言わせなさい！　まさかシェインが私のことをあんな風に庇《かば》ってくれるとは思わ

なかった！　だから、私は大変嬉《うれ》しい！」

そう言う国王の尻尾は、言葉通りの喜びを表して、ぶんぶん揺れていた。

——自分の父親ながら頭が痛い。

そんな国王に対して、ランフォードはどこまでも冷淡《れいたん》だった。

腕の中の番を、更《さら》に覆《おお》い隠すようにして鬱陶《うっとう》しそうな口調で言う。

「礼を言うだけなら近付く必要は無いだろう。そこで言え。そして、礼ならもう聞いた」

「感謝の抱擁《ほうよう》ぐらいさせろ！」

「断る」

「良いだろう！　お前の伴侶ということは、私の義弟だぞ！　つまり家族だ！　兄と弟の感謝の抱擁に、何か支障があるのか!?」

「ある。減る」

「何が減るんだ!?　聞いたことが無いぞ!?　それなら、お前ごと抱き締《し》めれば良いのか!?　お兄ちゃんは、それでも構わないぞ!?」

「私は構う。どうして義姉上《あねうえ》も兄上も人の番を無闇《むやみ》に抱き締めようとするんだ。私のシェインだからやめてくれ。——カークランドを抱き締めれば良いだろう、兄上の大事な息子《むすこ》だぞ」

突然《とつぜん》、名前を出されて、ぎょっとしたカークランドは反射的に叫ぶ。

「私を巻き込まないで下さい、叔父上《おじうえ》ッ！」

ウェロンの国王夫妻——カークランドの父と母は、愛情に溢《あふ》れる人たちだ。

幼い頃《ころ》は疑問も無く受け止めていた抱擁だが、この年齢《ねんれい》になって理由もなく父や母から抱き締められるのは気恥《きは》ずかしい。そんなことを思っている内に、なぜかカークランドは父親からの熱烈《ねつれつ》な抱擁を受け止める羽目になった。

ぎゅうぎゅうとカークランドを抱き締めながら、父がランフォードへの不満をこぼす。

「ランスは心が狭《せま》すぎる。そう思わないか、カーク？」

問われてカークランドは力なく答えた。

「父上も母上のことになると、心が広いとは言えないと思います……」

晩餐会の緊迫《きんぱく》した雰囲気《ふんいき》は、いつの間にか跡形《あとかた》もなく霧散《むさん》している。

食卓《しょくたく》を片づけている使用人たちからも笑いがこぼれた。

父親に抱き締められながら、カークランドはちらりとこの切っ掛《か》けを作った人に視線をやる。

ランフォードが、労《いたわ》るように腕に抱き上げた番の額に唇《くちびる》を落としているのが見えた。

それに応《こた》えるように、力なく垂れていた黒い尻尾が、ゆらりと揺れて叔父の腕に甘えるように絡《から》みつく。

その仕草がなんとも言えず甘美《かんび》で——夫婦《ふうふ》の秘密を覗《のぞ》き見してしまったような気恥ずかしさに襲《おそ》われて、カークランドは赤面しながら慌《あわ》てて二人から視線を外した。

——案の定、最悪だった。

犬獣人《いぬじゅうじん》の双子《ふたご》の王子たちとの晩餐《ばんさん》を振り返って、ランフォードは苦く思う。

会わせたくない、と散々兄に進言した数時間前の自分の言葉は、間違《まちが》っていなかったと思う。

散々、引き留めてくる兄を振り切って、帰り着いた夫妻の寝室《しんしつ》。

二人きりになって緊張の糸が切れたのか、シェインは目に見えて疲弊《ひへい》していた。

三角の耳が伏せられて、尻尾がしょんぼりと垂れている。

どうしたのか、と訊《たず》ねればシェインがランフォードに伝えたのは意外な言葉だった。


うまく、おこれなかった。


犬獣人の双子の王子たちが退出してからというもの、シェインは晩餐の席での自分の行動を振り返って、ひたすら反省して落ち込んでいる。

シェインにしてみれば反省点だらけの行動だったらしいが、端《はた》から見るに申し分無い。

だからこそ、兄のレンフォードも、あんなに上機嫌《じょうきげん》だったのだ。もちろん、思いもかけない
シェインからの言葉に舞《ま》い上がった、というのはあるけれど。

実際はともかく、王弟妃《おうていひ》であるシェインは——ヴェルニルの末王子なのだ。

その相手を言葉も交《か》わさない内から「淫奔《いんぽん》」と決めつけるのは、どう考えてもあちらが無礼だ。侮辱《ぶじょく》はシェインだけに留《とど》まらず、そのシェインを番にしているランフォード、そして背後にあるヴェルニルの国、そしてその国民に向けられていると思われかねない。というか、思われてしまう。

しかし、シェインはその言葉を聞き流した。

シェインにしてみれば、フェリシアンの言葉に怒《いか》りを露《あら》わにするランフォードのことが心配だっただけなのだろうが。シェイン曰《いわ》く「優《やさ》しい」伴侶《はんりょ》が心を痛める様子に、シェインはフェリシアンに構うどころでは無かったというのが実情だろうが——そんなことを知らない者からすれば、子どもの戯れ言をシェインが大人の余《よ》裕《ゆう》で聞き流し、怒り狂《くる》う伴侶を宥《なだ》めたように見える。

そんな王弟妃が、フェリシアンの言動を咎《とが》めた。

寛大《かんだい》な対応をしていた相手が見かねるほどの無礼を働いた。

世間はそう捉《とら》える。

実際、食堂に控《ひか》えていた使用人たちは、そう見ているだろう。

そして、その話は、もう王城中を巡《めぐ》っている筈《はず》だ。

レンフォードは、今回の晩餐の仔《し》細《さい》を、クアンツェの国王に知らせると言っていた。

いくらウェロンに滞在《たいざい》している間、ウェロンの国王が王子たちの保護者になるとはいえ、最終的に責任を持つのは本物の保護者——クアンツェの国王夫妻だ。

シェインが侮辱を聞き流したところで貸しが一つ。

その気遣《きづか》いを台無しにするほどの言葉を、他《ほか》ならぬレンフォードに向けて放ったことで、貸しが二つ。

送り返すのに十分過ぎる理由であるし、ウェロンの者たちに非は無い。

むしろ、双子の王子を即座《そくざ》に罰《ばっ》しなかったことで、貸しが三つというところか。

外交的にも満点だろう。

ただ、そんなことなど知らないシェインにしてみると、シェインの言葉は未熟で足りないものだったらしい。

「シェイン」

呼びながらランフォードはシェインの頬《ほお》に唇を寄せる。

上手《うま》く怒《おこ》れなかった、と落ち込んでいるが——そもそもシェインは怒ったことなどあるのだろうか。

ふと、そんな疑問がランフォードの頭に浮《う》かぶ。

理不尽《りふじん》に身代わりに仕立て上げられて、この国に送り込まれてきた時も、ただ痛いぐらいに純粋《じゅんすい》な悲しみと恐怖《きょうふ》が伝わってきただけだ。シェインをそんな目に遭《あ》わせた本人たちと対峙《たいじ》しても、怒りを抱《いだ》いた様子は無かった。むしろ怒り狂うランフォードのことを気遣ってばかりいた。そして、自分を陥《おとし》れた者たちに抱くのは哀《あわ》れみのような同情のような——微《かす》かな悲しみを帯びた感情だけ。

声を失う原因になった母親にさえ、恨《うら》みを抱くこともしない。母親の心に寄り添《そ》ってやることの出来ない己《おのれ》を悔《く》いて責めていた。

今日発された言葉も、純粋に「大事な人を傷つけるようなことを言うのをやめて欲しい」という願いからだ。

それ以外は、何も無い。

本当に、ただそれだけだ。

しかし、人の感情というものを嫌《いや》というほど知っているランフォードは、たったそれだけを思うという単純なことが、どれほど難しいことなのか尊いことなのか——よく知っている。

ランフォードの兄であるレンフォードはあれぐらいの言葉では、気分を害するだけで傷つかない。感情を読み取れるランフォードは、兄の精神面を心配することを随分《ずいぶん》前に止《や》めている。

何かあったとしても、そこは義姉であるノエラの出番だろう。思った通りに兄は傷つくどころか無礼が過ぎるフェリシアンのことを明らかに面白《おもしろ》がっていた。

しかし、シェインはそんなことは知らない。

義兄《あに》の心を純粋に心配し、そしてその実弟であるランフォードの気持ちを心配していた。

シェイン曰く「優しい」ランフォードが、怒りで心をすり減らさないか心配で、それ故《ゆえ》に放たれた言葉だった。

シェインが守ろうとしてくれたのは、他ならぬランフォードだ。

己の番《つがい》が、己のために、声の無い言葉を発してくれた。

守られるだけではなく、守ろうとしてくれている。

その事実に心が揺《ゆ》さぶられたのと同時に、ランフォードが感じたのは――うっとりと陶酔《とうすい》したかのような香《かお》りだった。

目をやった先。

あれほど「淫奔」と罵《ののし》っていた猫獣人《ねこじゅうじん》を見るフェリシアンの黒い瞳《ひとみ》には、紛《まぎ》れもない欲が乗せられていた。

思い出すだけで舌打ちをしたくなる。

クアンツェの兄王子は、ランフォードほど嗅覚《きゅうかく》が良くないのは確かだが、それでも普通《ふつう》の者たちより鼻が利《き》くらしい。

そうであるなら、自分に向けられる苦言に混じる感情を、散々嗅《か》いできた筈だ。

傲《おご》った発言を繰《く》り返すフェリシアンに対する怒り、呆《あき》れ、心配、失望。

それらを自分より劣《おと》った者たちのやっかみとして切り捨ててきたフェリシアンに、シェインの純粋なお願いはどう見えたのか。

混じり気の無い、純粋な「願い」。

――惹《ひ》かれるはずだ。

それをどうしようも無いほど、欲しいと思うに決まっている。

そんなことは考えるまでも無く明白だ。

ランフォード自身がそうだったのだから。

――やはり会わせたくなかった。

シェインがランフォードのことを思ってくれたことは嬉《うれ》しい。嬉しいが、シェインの魅力《みりょく》を赤の他人に知られてしまったことが腹立たしい。複雑な気持ちのまま、ランフォードは見当違いに落ち込むシェインを慰《なぐさ》めるように口づけた。

「シェイン」

呼びかければ、菫色《すみれいろ》の瞳には涙《なみだ》が浮かんでいた。

それに思わず苦笑《くしょう》をする。

シェインが落ち込む必要は全く無いのだ。シェインがお手本として、いつかの狐獣人《きつねじゅうじん》の使者を蹴散《けち》らした義姉《あね》のことを頭に描《えが》いているのなら、確かに「上手く怒れなかった」と落ち込む気持ちも分かるが――ああいう怒りの発散のさせ方は、シェインに向いていない。それに、あの王子はそんな叱責《しっせき》では口を閉じることなく、ただ反発を深めただけだろう。

あの混じり気の無い、シェインの「願い」を向けられたから――口を閉じたのだ。

しかし、それはシェインが知らなくて良いことだった。

そもそも兄が、クアンツェの国王に書状を送ると言った時点で、国同士の問題にまで発展している。事態はランフォードとシェインの手を離《はな》れた。これ以上そんなことで心を煩《わずら》わせて欲しくない。

だから、ランフォードが今、愛すべき番にかけるべき言葉は一つだけだ。

「――私を守ってくれて、ありがとう」

ランフォードの心が、怒りで損《そこ》なわれることが無いように。

そんな優しさから発せられた言葉に対する礼を口にする。

守られることに決して甘んじない。ひたすらに腕《うで》の中で甘やかしたいとランフォードが願う番の心は、思いの外強い。知っていたけれど、改めてそれを目《ま》の当たりにすると嬉しさがこみ上げてくる。他の誰《だれ》でも無く自分のための「願い」を込めた言葉。掌《てのひら》に綴《つづ》られたそれを読み上げる時、ランフォードがどれほど誇《ほこ》らしく嬉しかったか。

それが伝わるようにありったけの思いを込めて告げれば、シェインが少しだけ揺れる声でランフォードを小さく呼んだ。

「……ランス」

自分だけが聞くことの出来る声。その囁《ささや》きに顔をのぞき込む。

「私を守ろうとしてくれて、嬉しかった」

菫色の瞳が心配そうに揺れている。

本当に？　大丈夫《だいじょうぶ》？　傷ついていない？

純粋な心配と愛情が押し寄せてくるのに、ランフォードはうっとりと溜息《ためいき》を吐《つ》いた。

不快な犬獣人の兄王子。

それは、とりあえず頭の隅《すみ》に押しやって、目の前の菫色の瞳をのぞき込んで告げる。

「私はシェインがいれば、いつだって大丈夫だ」

ランフォードは懸命《けんめい》に己を守ろうとしてくれた、愛らしい番へ深く口づけた。

＊＊＊＊

「あっ、あ、あ――」

つい先日、恥《は》ずかしいと思った声が口からひっきりなしにこぼれて落ちる。体の中に響《ひび》く自分の声が恥ずかしさを更《さら》に煽《あお》っていって、逃《に》げ出したい気分になった。口を塞《ふさ》ごうとするシェインの両手は、ランフォードに指を絡《から》ませるように摑《つか》まれてしまって使えない。

「ぁ、っ、ぅ、ランス――」

自分でもそうと分かるぐらいたどたどしい音で呼べば、ランフォードの新緑色の瞳が細められる。

「シェイン」

どうした、と言いながら鎖骨《さこつ》に歯を立てられて、さらに甲高《かんだか》い声が口から溢《あふ》れた。尻尾《しっぽ》が無意識にランフォードの体に巻き付くのは、いつものことだ。そのまま鎖骨からランフォードの顔が、胸の尖《とが》りに移る。毎夜の行為《こうい》を重ねる内に、いつの間にかそこはすっかりと感じてしまう場所になった。唇《くちびる》で優《やさ》しく胸の頂を挟《はさ》まれた途端《とたん》に、じんとした快感が体の芯《しん》にまで響いて浸透《しんとう》していくような錯覚《さっかく》に襲《おそ》われる。

「ぁ、あ――」

頭の中が蕩《とろ》けていく。下肢《かし》が熱く反応しているのに、爪先《つまさき》で軽く宙を蹴《け》った。それでも熱は逃げない。むしろ、もっと刺激《しげき》が欲しくなって、後孔《こうこう》までがはしたなく疼《うず》き始める。

「ランス――」

どうしよう、という気持ちで名前を呼べば、強く胸の尖りを吸われた。

「っ、ひぅ――んッ、ぁ」

じんじんと快感が高まっていく。また宙を蹴ったのと同時に、絡めるように握《にぎ》られていた片手が離れた。その手が反射的に伸《の》びた先は、塞ごうと思っていた口ではなく、胸元《むなもと》にある相手の頭だった。立派な耳のある銀髪《ぎんぱつ》の頭。それを引き剝《は》がしたいのか、抱き締《だきし》めたいのか。シェインには、もう判断が出来ない。ただ縋《すが》るように腕を回せば、空いた手がもう片方の胸の尖りを弄《いじ》くり出すのに、シェインは大きく息を吸った。

「ふぁ、あ」

――また、変な声が、出てる。

ぼんやりとそんなことを思うが、止め方が分からない。胸を上下させて息をするシェインの体を、まるで味わうようにランフォードの舌が這《は》っていく。

「ひっ、ぅ、あ、ぁ――」

――この声、嫌《いや》だ。

だらしなくこぼれ落ちる声に、そんなことを思う。思うけれど、体はぴったりとランフォードにくっついたままだ。いつの間にかもう片方の手も解放されていたけれど、その手も当たり前のようにランフォードの頭をかき抱《いだ》いていた。

──嫌なのに、嫌じゃない。

毎夜のように体を重ねているというのに、未《いま》だにシェインが行為に慣れないのは、ランフォードと閨《ねや》を共にする度《たび》に、初めての感覚を与《あた》えられるからだ。声が出るようになってからは、更に。自分でも知らない自分を引っ張り出されて、それが少しだけ怖《こわ》いと思うこともある。

「ぁ、ぁ──ひぁ、ぁ」

散々に吸われた胸の尖りを舌で舐《ねぶ》られる。軽く歯を立てられると、ずぐりと体の奥が疼いて、それがそのまま下肢の熱に繋《つな》がる。

「ぁ、ぁ──っ、ぁ」

とぷり、とシェインの性器が白濁《はくだく》を吐き出す。直接そこに触《さわ》られていない絶頂は、快感が長引く。そのせいで下肢がどうしようも無いほどに汚《よご》れてしまう。そんなことを知ったのはいつだったのかも忘れてしまった。

快感に震《ふる》えるシェインの全身に、ランフォードがあますところなく唇を落としていく。シェインの吐き出した白濁が伝って、ひくついていた後孔を濡《ぬ》らすのが分かった。

「ん、っ、ぁ──」

──もう、早く、欲しい。

腰《こし》がはしたなく揺《ゆ》れて、尻尾がますますランフォードの体に絡む。そんなシェインの様子に、ランフォードが微《かす》かに笑う。

「シェイン」

「んっ、ん——」

「気持ちが良いか？」

「ぅ、ん——」

返事らしき掠《かす》れた喘《あえ》ぎ声が喉《のど》から上がる。それだけでは足りない気がして、懸命に頷《うなず》いた。

気持ちが良い。けれど、足りない。もっと欲しい。もっと二人で気持ち良くなりたい。

「ランス——」

手を伸ばして身を寄せれば、濡れた後孔の縁《ふち》をなぞったランフォードの指が、ゆっくりと内側を拓《ひら》いていく。

「——ッ、ぅ——」

声にならない声が、上がる。早く、早く、もっと。そんな蕩けきった思考のままシェインは、自分を拓く指に体を跳《は》ねさせて気持ち良さに喘ぐ。

「ッ——ん、ぁ、あ——」

シェインの内側を拓くランフォードの指は、焦《じ》れったいぐらいに丁寧《ていねい》だ。既《すで》に半分、快楽にシェインの意識は溶《と》けている。先ほど白濁を吐き出した性器が緩《ゆる》く頭をもたげて、とろりと先走りを垂らした。

「……っ、ぁ、あ」

じっくりと体の内側から響く快感に、しっとりと肌《はだ》が汗《あせ》で濡れていく。シェインの菫色《すみれいろ》の瞳《ひとみ》が快楽に溶けた。それを見ながら、ランフォードが軽くシェインの肌に唇を寄せて歯を立てる。

「ふっ、ぁ――ッ、ぁあ」

「シェイン」

良いか、と確認《かくにん》するランフォードの声が、心なしか色づいて濡れているような気がする。瞬《まばた》きをすると目から水滴《すいてき》が散った。反射的に腰を浮かせるのと、中を暴《あば》いていた指が、ずるりと引き出されたのは同時だった。

「っ、ぁ――ん」

物足りないというように、ひくつく後孔がはしたなくて恥ずかしい。けれど、それよりも目の前の相手と繋がりたいという欲求の方が強い。

強請《ねだ》るシェインの声に、荒《あら》い息を抑《おさ》えるようにしながら、ランフォードが猛《たけ》ったそれを後孔に擦《こす》り付けた。硬《かた》いそれは、すっかりと覚えのあるものになってしまった。浅く先端《せんたん》を埋《う》め込むようにされて、指では届かないシェインの胎《はら》の奥が酷《ひど》く疼いた。

こぼれでた声は、自分でも分かるぐらいにたどたどしく、形をなしていない。

「らんす、ぅ――」

――早く、欲しい。

欲まみれの浅ましい声が出た。そんなことを思っていると、焦らすように入り口に留《とど》まっていたそれが、ゆっくりと中を拓いてシェインの中に埋まっていく。

「ぁ、あ、あ、あ――――ッ」

自分でも驚《おどろ》くぐらいの大きな声が出たが、それに構っている暇《ひま》は無い。たっぷりと与えられた快感から、また一つ高い位置に引き上げられたようで、体中が震えて、どうしようも無い。

ゆっくりとシェインの中に入ってきた熱くて硬いそれが、一番奥に触《ふ》れる。

「――――ッ」

言葉に出来ない絶頂感に、シェインは体を震わせながらランフォードの体に縋り付く。口が開きっぱなしになって、唾液《だえき》がはしたなくこぼれて体を汚していた。けれど、そんなことを気にするでも無く、ランフォードがシェインの顔中に唇を落としていく。

「ぁ、っ、あ――ッ」

どくり、と中でランフォードの性器の根本が膨《ふく》らむ。狼獣人《おおかみじゆうじん》の射精は長い。射精の間、相手の胎内《たいない》から性器が抜《ぬ》け出《で》てしまわないように瘤《こぶ》が出来る。それがちょうど、シェインの内壁《ないへき》の敏感《びんかん》な部分を押し上げる。

「っ、シェイン――」

「ふっ、ぅ、ぁ、あ、あ……あ、あ」

ぶるりとランフォードが体を震わせると、それを合図にシェインの胎の中に埋められた性器が震えた。そのまま、どぷりと濡れた音が胎の中から響《ひび》く。

「あ、ぁ――」

とぷとぷと胎の中を満たしていく熱い飛沫《ひまつ》に、シェインは体を震わせた。ランフォードが堪《こら》えるような息を吐《は》いて、優《やさ》しくシェインの耳朶《みみたぶ》を噛《か》んだ。

「シェイン」

「……っ、ぁ？」

「気持ち良いな――」

その声に胎の奥が疼いて、後孔が窄《すぼ》まる。恥《は》ずかしくて堪《たま》らない。

けれど、抱き合っている中で、この時間が一番好きだ。ぴったりと寄り添《そ》った体と、ランフォードが胎の中にいる感覚と、熱いもので満たされていく感覚が渾然《こんぜん》となって、本当に溶けていっているような気がして頭がふわふわしてくる。

「シェイン、好きだ」

「――っ、ん、らんす、すき」

すき、と繰《く》り返しながら、拙《つたな》い言葉がどれだけシェインの気持ちを伝えてくれているのか不安になる。これだけでは足りない。もっと伝えたい。大事な相手なのだと言いたい。それなのに、もどかしく震えるだけで肝心《かんじん》の言葉が出てこない。

――なんで、こんなに、伝えたいのに。

そんな思いが胸の中にせり上がってきて、どうしようもなくなる。そんなシェインの様子に、ランフォードが微かに笑って言った。

「シェイン、大丈夫《だいじょうぶ》だ」

──伝わっている。聞こえている。

そう言いながら落とされる唇《くちびる》に、幸せが頭を満たしていく。どんな些細《ささい》な感情も、言葉も、いつだって大切に拾い上げてくれる人がいるということは、なんて幸せなのだろうと思う。そんな幸せな自分が、時々信じられなくなりそうになる。

──嬉《うれ》しい、好き、大好き。

シェインの大事な伴侶《はんりょ》。たった一人の番《つがい》。

──ぼくも、守りたい。

守られてばかりだ。けれど、せめてその心を守れるぐらいには強くなりたい。そんな風に思う。ランフォードが微かに笑って言った。

「──シェインが思うよりも、ずっと私は守られている」

覚えの無いことを言われて微かに首を傾《かし》げると、深い口づけが降ってきた。舌が絡《から》み合って濡れた音がする。ざらりと上顎《うわあご》を擽《くすぐ》ったランフォードの舌がシェインの口から出て行って、角度を変えてまた口づけられる。その合間にランフォードが囁《ささや》く。

「愛している」

「……ん、……すきぃ──」

今度は、同じ言葉を返せるようになりたい。

好きなのは本当。だけれど、好きでは足りない。

そんなことを思いながら、シェインはランフォードに唇を寄せた。

お互《たが》いがお互いを甘く溶かしていくような、そんな優しい交合は明け方まで続いた。

＊＊＊＊

「お前さんが、いきなり王妃殿下《おうひでんか》のように振《ふ》る舞《ま》える訳がなかろう。つまらんことで一々、落ち込むな」

怒《おこ》るということにかけて、この人に並ぶ者はいない。

シェインが勝手にそう思っている王城付きの老医師ダルニエは、シェインの相談の内容に手短な叱責《しっせき》を寄越《よこ》した。

案の定、晩餐《ばんさん》での出来事は王城中に知れ渡《わた》っていた。

留学をして来た犬獣人の双子《ふたご》の王子たちを見る目は、かなり厳しいものになっているらしい。

そして、あの晩餐以来、ランフォードはシェインを一人きりにするのを酷く嫌《いや》がるようになった。だからと言ってシェインを連れて歩くことにも渋《しぶ》い顔をする。

紆余曲折《うよきょくせつ》の後、シェインは日中をダルニエ医師のところで過ごすことが決まった。

――どうして、いきなり？

今まではランフォードの居城で一人きりで留守番をしていたというのに。

急に過保護の増したランフォードに、シェインは首を傾げるしかない。

ランフォードがシェインに付ける匂《にお》いも、普段《ふだん》より濃《こ》いらしい。ダルニエ医師は眉《まゆ》を顰《ひそ》める程度だが、それ以外の者たちは青い顔をして逃《に》げ出すようにシェインの前から去っていく。

——何がそんなにランスは不安なのだろう。

そんなシェインの疑問に答えたのは、ランフォードの過保護に対して迷惑《めいわく》顔を隠《かく》そうともしないダルニエ医師だった。

「お前さんにやりこめられたクアンツェの馬鹿《ばか》王子が逆恨《さかうら》みしてくるのを警戒《けいかい》しているのではないか？　こんなに匂いづけされているお前さんに何かして来たら、もう馬鹿を通り越《こ》しているがな。ただでさえ馬鹿に付ける薬は無いというのに、全く」

その言葉にシェインは項垂《うなだ》れる。

やりこめるつもりは微塵《みじん》も無かったのだが、結果としてそうなってしまったらしい。

シェインはただ、義兄《あに》であるレンフォードに心ない言葉をかけるのをやめて欲しかっただけだったのだけれど。

王として必要な冷たい一面を覗《のぞ》かせることもあるが、レンフォードは基本的に家族思いの良い王だとシェインは思う。何より、ランフォードとシェインが共に居られるようになったのは、レンフォードがあれこれと頭を働かせてくれたお陰《かげ》である。

そんな恩人——ランフォードの実の兄を目の前で侮辱《ぶじょく》され続けるのは、どうしようもなく我《が》

慢《まん》が出来なかった。

　自分の感情で動いた結果として、ランフォードの心に負担をかけることになってしまって、シェインは落ち込んだ。分かりやすく耳を伏《ふ》せて、尻尾《しっぽ》を垂らすシェインに、ダルニエ医師が溜息《ためいき》混じりに言う。

「王妃殿下の姿勢を目標にするのは構わんがな、王妃殿下も一朝一夕《いっちょういっせき》で外交を身につけた訳ではあるまい。お前さんがいきなり真似《まね》しようとしても無理に決まっておるだろう。そもそも、お前さんにはお前さんのやり方がある。無理に真似せんでもよろしい。陛下も殿下も、それで良いと言っているのだろう。だったら、お前さんは気にせずそのままでいて、後は殿下に愛されておけ。そうしておけば少なくとも、この国と王城は安泰《あんたい》だ。――そして、そんなことよりさっさと手を動かさんか」

　促《うなが》されて、シェインはダルニエ医師の指示通りに薬草を細かく刻む作業を再開させる。

　国王夫妻の子どもたちの具合は、まだ優《すぐ》れないらしい。順繰《じゅんぐ》りに熱を出す子どもたちに、王妃と乳母《うば》が付きっきりのようだった。

　大丈夫だろうか、と今度はそちらが心配になってくる。子どもの頃《ころ》はよく風邪《かぜ》を引くものだ。しかし、ただの風邪が時に命を奪《うば》うことだってある。

　そして今年の風邪は王城の使用人たちにも、じわじわと広がり始めているらしい。

　冬の厳しさが増す前に、とダルニエ医師が薬を作り置きしておくことに決めたのは、シェインがダルニエのところで過ごすようになってすぐのことだった。

「ただ儂《わし》のところにいるのでは時間の無駄《むだ》だ。お前さんも手伝え」

　そんな言葉と共に王弟妃《おうていひ》をこき使う老医師の態度に、医務室に出入りしている使用人たちは初めはぎょっとしていた。しかし、王弟妃であるシェイン本人が気にした様子も無く、懸命《けんめい》にダルニエの指示に従って作業に取り組んでいるのを見て、やがて微笑《ほほえ》ましい顔をして去っていくようになった。働き者の黒猫獣人《くろねこじゅうじん》は、溺《おぼ》れそうな王弟殿下の愛情もあって、王城中から庇護《ひご》の対象として見られているが──そのことにシェインだけは気付いていなかった。

　ダルニエ医師と黙々《もくもく》と薬作りに励《はげ》んでいると、遠慮《えんりょ》がちに扉《とびら》を叩《たた》く音がした。

「誰《だれ》だ？」

　無愛想な声と共に、ダルニエが素早《すばや》く扉を開ける。小柄《こがら》な老医師の肩越《かたご》しに見えた姿に、シェインは身を強《こわ》ばらせた。

　狼《おおかみ》獣人とも猫獣人とも違《ちが》う、垂れた茶色の耳。黒い瞳《ひとみ》をしているのは、間違《まちが》いなく先ほどまで話に上がっていたクアンツェの王子だ。ただ立っているのは一人きりだった。

　その王子がフェリシアンなのかジェルマンなのか──狼獣人であれば、双子のどちらなのか容易《たやす》く言い当てるのだろうが、猫獣人であるシェインには判断が出来ない。

　ダルニエ医師が警戒するような顔をした。多忙《たぼう》な老医師は、犬獣人の双子の王子のどちらとも顔を合わせたことが無い。

「──失礼ですが、フェリシアン様ですか？　ジェルマン様ですか？」

　硬《かた》い声の問いに、所在なげな顔をしながら犬獣人の王子が小さい声で言った。

「……ジェルマンです」

その名乗りにシェインの肩から力が抜《ぬ》ける。

そう言えば、ランフォードに憧《あこが》れているフェリシアンは、普段は顔を革《かわ》製の防具で覆《おお》っていると聞いていた。今、ダルニエの仕事部屋の前に立っている犬獣人の王子は、顔に何の防具も着けていない。

同じことに思い当たったらしい。ダルニエ医師は、それでも警戒を解かないままに言う。

「儂に何か御用《ごよう》ですかな？　風邪でも引きましたか？」

「……あの、こちらにシェイン王弟妃がいると聞きまして」

「おりますが――先日の晩餐の件でしたら、国王陛下にどうぞ」

露骨《ろこつ》に警戒を浮《う》かべたまま扉を閉じようとするダルニエに、必死な様子でジェルマンが言った。

「先日の兄の振る舞いをお詫《わ》びに来たんです！　どうか会わせてくれませんか⁉」

「それは王弟殿下と王弟妃が一緒《いっしょ》にいる時に改めてどうぞ。儂に王弟妃と貴方《あなた》を引き合わせる権限はありません」

「――シェイン様！　どうか、お詫びだけでもさせてくれませんか⁉」

小柄な老医師の頭越しに、そう声をかけられてシェインは困惑《こんわく》した。あの晩餐で話をしていたのは、殆《ほとん》ど国王とフェリシアンだ。ジェルマンは最低限しか口を開いていない。シェインとは言葉も交《か》わしていない。そんな相手から必死の形相で言い募《つの》られて、困惑しながら刻んでいた薬草から手を離《はな》した。そのままランフォードがいない時は必ず携帯《けいたい》している、意思を示すための小さな黒板と、白墨《はくぼく》を手に取る。そこに文字を綴《つづ》って答える。

ジェルマンさまに、あやまってもらうひつようは、ありません。


そう書いて、黒板を掲《かか》げれば黒い瞳が食い入るようにその文字を見つめる。なんだか怖《こわ》いような迫力《はくりょく》があった。それにシェインがたじろげば、ジェルマンが低い声で言った。

「それは、兄の非礼を許してはいただけないということですか？」

シェインは困ったように首を傾《かし》げて、また文字を綴る。


ゆるすかどうか、きめるのは、こくおうへいかです。


フェリシアンが公然と侮辱したのは、この国の王である義兄だ。シェインは失礼な言動を止《や》めるように頼《たの》んだだけで、許すかどうかの権限は持ち合わせていない。

その返答に驚《おどろ》いたように、ジェルマンが目を見開いた。

「シェイン様への侮辱はよろしいのですか？」

聞かれてシェインは首を傾げた。それにダルニエ医師が怪訝《けげん》そうな顔で振《ふ》り返った。

「フェリシアン王子に侮辱されたのか？」

心当たりがなくて首を傾げていれば、晩餐《ばんさん》の冒頭《ぼうとう》で「淫奔《いんぽん》」と決めつけられたことが浮かぶ。そう言えば、あれはシェインに向けた侮辱だったのか。その言葉に怒《おこ》っていたのは、シェインよりもランフォードだ。そして、シェインは事実とかけ離れたことをいくら言われても、困惑はするものの傷ついたりはしない。

ジェルマンさまが、あやまることではないと、おもいます。

謝罪をするべきなのはフェリシアンだと思う。そして、謝るのならばシェインよりも心を乱したランフォードに謝るべきだ。であるから、シェインのところに来られても──困る。

そんなシェインの返答に呆《あき》れたように溜息を吐《つ》いたのは、ダルニエだった。

「我が国の王弟妃はお人好《よ》しが過ぎる──ですが、これで分かりましたな？　ジェルマン様の謝罪は不要とのことですので、お引き取り下さい」

食い入るようにシェインの返事に見入る王子を、ダルニエが押し返そうとする。しかし、意外なことに犬獣人の王子は食い下がった。

「いや、まだお聞きしたいことが──」

「それなら、王弟殿下をお通し下さい。いくら裏で謝罪して回ろうと、ご兄弟が国王陛下を侮辱した事実が消えるでもなし。これ以上、ご自分の国に不利なことをされるのは如何《いかが》なものかと思いますがな」

「しかし――ッ」

尚《なお》も食い下がろうとするジェルマンに、痺《しび》れを切らしたのは老医師だった。

「くどい！　いい加減にせんか!!」

その小柄な体躯《たいく》のどこから声が出ているのか。

背筋が伸《の》びるような鋭《するど》く厳しい声。

それがびりびりと空気を震《ふる》わせる。

思わず椅子《いす》から飛び上がったシェインと同じく、度肝《どぎも》を抜かれたらしいジェルマンが目を見開いて硬直《こうちょく》する。ぽかんとした顔の王子をそのまま作業場から押し出したダルニエ医師は、思い切り音を立てて扉を閉じた。

「アレがマシな方の王子なら、クアンツェの先行きは不安だな。大体、謝罪なら正々堂々、公衆の面前で行えば良いだろうに。ここそこそとする理由が分からん。ああいう性格は好かん」

容赦《ようしゃ》なく言い捨てて、さっさと薬作りを再開する老医師の手には迷いが無い。

――やはり怒ることにかけて、この国でこの人に並ぶ者はいない気がする。

先ほど空気を震わせた叱責《しっせき》の声に、未《いま》だにシェインの尻尾《しっぽ》は驚きからパタパタと揺《ゆ》れていた。

とにかく、この国の人たちが怒った時の迫力は凄《すさ》まじい。伴侶《はんりょ》であるランフォードもだが、王妃であるノエラの怒気《どき》も相当だ。

ただ、その怒気は——相手を傷つけるために理不尽《りふじん》に爆発《ばくはつ》することは無い。正しくないこと。道理から外れていること。大切なものを守る時にだけ、体の内側から自然と湧《わ》き出て来る。そう言えば、かつてシェインが働いていた公爵邸《こうしゃくてい》で怒りっぽかったのは、自分の料理に対して絶大な自信を持っている料理人だった。彼の怒《いか》りも自分の料理が貶《けな》された時や、「家族」が理不尽な目に遭《あ》わされた時にだけ爆発していた。無闇《むやみ》に他人を傷つけることは無い、と信じることが出来る。そういう種類の怒り。

だからシェインは、かつての公爵邸の料理人をはじめ——この国の人たちのことを怖いと思ったことは無い。

——難しいな。

落ち着きを取り戻《もど》して垂れた尻尾をゆるりと動かしながら、シェインは黒板と白墨を置いて薬草を刻む作業を再開させた。

どうしてか分からないが、他人を傷つけるための言葉をわざと口にする人たちがいることは確かだ。シェインは何人か、そういう人たちと出会ったことがある。

そして何より、シェイン自身が——傷つけようと意図してではなく、他人を傷つけた記憶《きおく》があった。

背中を向けると、過去に置いていくと決めたシェインの——母親。

シェインがどんな言葉をかけてもただ拒絶《きょぜつ》を繰《く》り返す母親のために。シェインは声を捨てた。どんなことを言っても、ただ相手の心を乱すだけだからだ。けれど、そんな幼いシェインの拒絶に、母親は傷ついて独りで家を出て行った。

――難しい。

人を守ること。人を傷つけること。形で見えないからこそ、それはとても難しい。けれども、ランフォードの隣《となり》にいるのならば、シェインは少しずつ覚えていかなければならないと思う。覚えたい、と思う。

聞こえない声まで、一つ残らず拾い上げてくれる優《やさ》しい番《つがい》を、守りたいと思う。

視界の端《はし》でシェインの様子を窺《うかが》っていたダルニエ医師は、淀《よど》みなく動き出した手に安心したように己《おのれ》の作業に集中し始める。

再び扉《とびら》が叩《たた》かれたのは、それからしばらく経《た》ってからのことだった。慌《あわ》てた様子の声と共に、ダルニエを呼ぶ声がする。素早《すばや》く立ち上がったダルニエが扉を開ければ、転がり込んできたのは王妃付きの若い侍女《じじょ》だった。

「どうした？」

よく知る顔が慌てているのに、シェインも思わず手を止めて耳を澄《す》ました。侍女が上擦《うわず》った声で言う。

「ナターシャ様のお熱が、凄《すご》くて――ッ！」

すぐに来て下さい、という言葉にダルニエ医師が診察鞄《しんさつかばん》の取っ手を摑《つか》んだ。

＊＊＊＊

カークランドの胃痛は最高潮を迎《むか》えていた。

それもこれも、クアンツェからやって来た双子《ふたご》の王子たちのせいである。

まぁ、主な原因はフェリシアンであるのだが。

留学初日から騎士《きし》団に所属していたフェリシアンに関する問題行動をまとめた書類を手にした叔父《おじ》のランフォードが、真顔で父である国王の執務《しつむ》室に現れたのは先ほどのこと。差し出された書類に目を通した父のレンフォードが、呆れを如実《にょじつ》に表した顔をしながら、カークランドに書類を渡《わた》してくる。それに目を通せば通すほどにカークランドの胃痛は増した。

――本当に、何をしに来たんだ。フェリシアン様は。

自分から騎士団の勤務を望んだ筈《はず》なのに、与《あた》えられた訓練の内容に不服を言うばかりで、まともに従事した日が一日も無い、ということが報告書にはこれでもかというほど書かれていた。

ウェロンの騎士団は実力主義である。実力に見合わない地位を与えたり、能力にそぐわないことを無理にさせたりすると、本人も周囲も悲惨《ひさん》なことになる。

なので入団試験は厳しく行われ、実力に見合った任務が割り当てられる。血筋による特別扱《あつか》いなど一切《いっさい》無い。それはたとえウェロンの王子だろうと同じことで、騎士団で任務に励《はげ》んでいるカークランドの弟たちにも当てはまる。

他国の王子であろうと、それは同じだ。

それについて懇々《こんこん》と説明をした筈なのに、本人は理解していなかったらしい。

というか、自分が下した自分への評価と、他人が下した自分への評価の食い違《ちが》いを飲み込めないようだった。

判定が間違っている。

騎士ランフォードに並ぶのに相応《ふさわ》しい能力を私は持っている。

このことは国王に報告させて貰《もら》う。

そう口を動かすばかりで、騎士団の任務に何一つ従事していなかった。

カークランドは無言で隣に報告書を回した。執務室の端で、兄の行状に関しての報告書に目を通すジェルマンは、覇気《はき》の無い顔をして疲労困憊《ひろうこんぱい》の様相を見せていた。

ジェルマンは一応、兄であるフェリシアンが晩餐でやらかしたことが、どれほど不味《まず》いことか理解している。けれど、自分から兄の不始末を詫《わ》びて回ることはしない。留学で学ぶ内容にしろ、何にしろ、表面上は真面目《まじめ》に取り組んでいるが——ひたすら受け身なのだ。

謝罪の場をお膳立《ぜんだ》てすれば、頭の一つも下げるのだろうが、カークランドや宰相《さいしょう》その他この国の面々にそれを期待しているのならお門違《かどちが》いも良いところだ。

どうして非礼を働いた相手のために、こちらがそこまで骨を折らなければならないのか。

どうすれば良いのか分からないのならば、制限はされていないのだから自国の頼《たよ》れる相手に手紙で訊《たず》ねても良い。それなのに、それもしない。ただ、不味いなぁ、という顔をしながら事態を眺《なが》めているだけなのだ。

――いや、本当に。何をしに来たんだ。この二人は。

考えれば考えるほどに胃痛を通り越《こ》して、腹が立ってきた。

おまけに、あの晩餐《ばんさん》の後から、フェリシアンは「淫奔《いんぽん》」と決めつけていた猫獣人《ねこじゅうじん》である王弟《おうてい》妃《ひ》シェインに向けて並々ならぬ関心を向けている。国王に対する謝罪を期待して顔を合わせれば、それについては一つも触《ふ》れず、しつこいぐらいに質問攻《ぜ》めにあってカークランドが閉口したぐらいだ。

――何を考えているのやら。

フェリシアンの行動は、カークランドの考えの斜《なな》め上を常に行く。警戒《けいかい》はしているが動きが読み切れないところが怖《こわ》いし、これ以上、叔父の尻尾を踏《ふ》みつけるような行動だけは控《ひか》えて欲しいと切実に思う。執務室にいる全員が報告書に目を通し終わったのを確認《かくにん》して、ランフォードが低い声で言う。

「どう考えても国外に出すには不適格だ。発言も行動も。騎士団に在籍《ざいせき》する以前の問題だ。――すぐに国へ送り返せ」

叔父の過激な言葉に父は首を傾《かし》げて、話の矛先《ほこさき》を部屋の隅《すみ》にいるジェルマンへと向けた。

「――だそうだが、どう思う？　ジェルマン殿《どの》？」

質問を向けられて、ジェルマンは覇気の無い声で言った。

「兄を国外に出したのは失敗だと思います」

「――つまり、ジェルマン殿は留学を続けると？」

「それしか無いかと。王位を継《つ》ぐのに他国への留学は必須《ひっす》ですから。こちらの国と違って、代わりになってくれるような弟や妹はおりませんし」

憂鬱《ゆううつ》を振《ふ》りまきながら暗い口調で答えるジェルマンの態度に、カークランドの苛立《いらだ》ちは最高潮に達した。

「ジェルマン様」

自分で思ったより、格段に低い声が出る。そんなカークランドを父であるレンフォードが軽く眉《まゆ》を上げて見て、ランフォードは無表情に見つめている。

「貴方《あなた》は王位を継ぐつもりがあるのか無いのか。どちらなんですか？」

自然と責め立てる口調になった。

そんなカークランドの問いに、ジェルマンが戸惑《とまど》ったような顔をする。何も考えていないらしい黒い瞳《ひとみ》が戸惑うように揺れるのに、今までに無い厳しい声が出た。

「私がクアンツェに留学していた頃《ころ》から、貴方はよく私に『代わり』がいるのが羨《うらや》ましいと仰《おっしゃ》っていますが、私の弟たちや妹たちは、私の『代わり』なんかになるために生まれて来たのではありません。そもそも、私の弟たちや妹たちの代わりもいません！　エルラントもウィルラントもフェルナントもカーライルも、マリアもサラもスーザンもミュリエルもエリンもナターシャも――全員、私の大事な弟妹です！　私は私がなると決めたから、王位を継ぐんです。仕方がなく王位を継ぐ、なんて思ったことはありません。王になれ、と命じられたこともありません!! その仕方がないから王位を継ぐ、という姿勢は止《や》めていただけませんか? 失礼ですが、私は貴方と同じだとは――思われたくない!」

次期国王を指名する時のやり取りは至って簡潔だった。

継いでくれるか、と父のレンフォードは訊《き》いた。

継ぎたいと思います、とカークランドは答えた。

それだけだ。

しかし、大事なことは全《すべ》て言葉になっているし、伝わったと思っている。

大事な番のために。家族のために。父が、祖父が――そのまた先の祖先が守ってきたこの国がカークランドは好きだ。まだ幼い妹弟たちのためにも、この国が穏《おだ》やかである必要がある。

番になる相手をカークランドは、まだ持たない。父や叔父のように恋い焦《こ》がれる相手に出会っていない。それでも大切な家族のために、それから家族がいずれ作る大切な人のために。それらを背負って、父の後に王の椅子《いす》に座る覚悟《かくご》をカークランドは決めた。

何より、すぐ下の三つ子の弟たちは、そんなカークランドの決意を素直《すなお》に受け入れて応援《おうえん》してくれている。留学する前、カークランドに対して、弟たちは何でもない顔でこんなことを言った。

「私たちが叔父上のようになれるとは言いませんよ、兄上」

笑いながら言ったのはエルラントだった。

「あの方は規格外です。なので、私たちは質より量で行きます」

おどけた調子で言ったのはウィルラントだ。

「その代わり、政《まつりごと》は任せました」

フェルナントの言葉に、三人は頷《うなず》きあって言葉を続ける。

「腹芸は我々《われわれ》には無理です」

「思っていることが全部口と表情に出ますから」

「政治の場より騎士団の方が性《しょう》に合います」

「優《すぐ》れた一本の剣《けん》にはなれませんが、そこその三本の剣になってウェロンの武は保ちますので」

「いざとなればカーライルの手も借りましょう。そうすれば、剣は四本です」

「適材適所で頑張《がんば》ります」

「「「だから安心して下さい、兄上」」」

そんな弟たちの三つの手に背中を押されて、カークランドは国外に出たのだ。

それなのに「代わり」「代わり」と。

まるで、簡単に取っ替《か》え引っ替え出来るような何かの駒《こま》のように弟妹たちのことを言われるのは、ひたすら気分が悪かった。

――そして腹立たしい。

ただ座っているだけで国王が務まるのなら、誰《だれ》も苦労などしない。

何より、そんなに簡単に代わりが利《き》くものならば、クアンツェの国王も後継者について正式に決めることを、ここまで先延ばしにしたりしないだろう。

そんなことも分からずにいるのかという憤《いきどお》りが胸の中を満たした。

「ジェルマン様が継がない、フェリシアン様が王に相応しくないとなれば、王族のしかるべき人が王位を継ぐでしょう。早くそちらの国王陛下に自分の意見を示した方が良いのでは？」

国王夫妻の子は双子《ふたご》の王子たちしかいないが、国王の弟や妹が国内にとどまっている。双子の王子たちには、従兄弟《いとこ》が結構な数いた筈《はず》だ。

最悪、従兄弟たちの中から誰か相応しい者を国王の養子にして、王位を継がせれば良い。

そう口にすれば、ぽかんとした顔をしたジェルマンが歯切れ悪く言った。

「いえ、でも――兄が継げなくても、私は継げますから」

そういうことでは無い。カークランドの苛立ちを全く理解していないし、全く質問に答えていない。

カークランドが問題にしているのは「継ぐ気があるのかどうか」だ。

苛立ちながら追及《ついきゅう》しようとするカークランドの言葉を遮《さえぎ》ったのはレンフォードだった。

「――無能のやる気も困るが、無気力な有能も問題だ。特に後者の方が性質《たち》が悪いと私は思う。実は無能だったというのなら諦《あきら》めも付くが、ただやる気が無いために国に危機をもたらすようなことがあれば、私ならその統治者を恨《うら》んでも恨み切れない」

にこにこと笑顔《えがお》で父親が、そんな辛辣《しんらつ》な言葉を吐《は》く。

その様子に頭に上っていた血が少し下がって、カークランドは溜息《ためいき》を吐いた。思った以上にクアンツェの王子たちの滞在《たいざい》が自分にとって精神的な負担になっていたらしい。それでも、まるで王位を継ぐのが嫌《いや》になってもすぐに「代わり」が控えているから羨ましいというような、その言い方はいい加減に我慢《がまん》の限界だった。

最初の出会い以来、クアンツェの双子の王子たちを見限っているランフォードは口を挟《はさ》むとはおろか視線を向けることすらしない。

「どうにも、ジェルマン殿もフェリシアン殿も――国王の子が必ず王位を継ぐべきだと思い込んでいるようだが、そんなことは無い。私もカークランドが国王に相応《ふさわ》しい器《うつわ》でないと思えば、後継者にしていないよ。それは私も、私の父も同じだった筈だ。今こうしてウェロンで親から子へと王位に就《つ》く者の血が繋《つな》がっていることに、深い理由なんて無い。――強《し》いて言うなら、幸せな偶然《ぐうぜん》かな」

「ぐ、偶然？」

ジェルマンが動揺《どうよう》したように言う。レンフォードが深緑色の瞳を細めて続ける。

「これは私の勝手な意見だがね、国王の子が王になるのは、それが一番手っ取り早いからだ。親がやっていることを見よう見まねで覚えて、物事のやり方を修得していく。幼い頃から教育環境《かんきょう》が有利で、国王としての仕事を教え込む手間が一番無いから楽なんだ。今のように、大きな争いも無い大陸では特に。王族は特に先祖の血が濃《こ》い者の集まりだから、集団の中で飛び抜《ぬ》けて目立っていた。だから、上に立つようになった。それが運良く続いただけさ。――だから、王の子が、本当に王に適していないのなら、別の血筋の相応しい者を後継者に指名したところで問題は無い。我々の仕事は血を繋ぐことじゃない。国を、民《たみ》を、大切な者を守ることだ」

そこまで言ってレンフォードが、にこりと笑う。

「ジェルマン殿——君は別に王位を継がなくても良い。こんな留学は止《や》めて、さっさと自国で好きな遺跡《いせき》の発掘《はっくつ》作業に従事したところで誰も咎《とが》めないさ。むしろ、そうしたいというのなら、そうすれば良い。クアンツェの国王陛下も息子《むすこ》の夢を潰《つぶ》したりはしないだろう。——惰性《だせい》の責任感と、不幸自慢《じまん》で王位を継がれても、こちらは単に迷惑《めいわく》なだけだ。こんな人生ではない筈だったと嘆《なげ》いて死にたいのなら、一人でやってくれ。民はもちろん、この大陸を巻き込むのは止めてもらおうか」

そこで言葉を区切ったレンフォードが冷え冷えとした声で言った。

「君が思っているほど、王の椅子は気軽に座れるものじゃない」

父の静かな迫力《はくりょく》に、カークランドの背中は震《ふる》えた。

ジェルマンは、ただただ驚《おどろ》いたような顔をして立ち尽《つ》くしている。フェリシアンに比べて問題行動の少ないジェルマンは、他人からの手厳しい言葉に慣れていないのだろう。それが諸《もろ》に出ている。立ち尽くすその姿は、途方《とほう》に暮れた子どものように幼くて、カークランドは思わず溜息を吐いた。

——本当に、これではまるで託児所《たくじしょ》だ。

無性に、各騎士《きし》団に散らばっている弟たちの騒《さわ》がしい声を聞きたくなった。あの弟たちならば、この王子の体《てい》たらくを見てどう言うだろう。騒がしいが心根の優《やさ》しい弟たちは、茶化《ちゃか》しながらもジェルマンの肩《かた》を叩《たた》いてやるかも知れない。生憎《あいにく》、カークランドにはそこまでの優しさは無かった。

誰も口を開くことなく、沈黙《ちんもく》が執務室《しつむ》に落ちる。

それを破ったのは扉《とびら》を叩く音だった。


「失礼」


返事も待たずに執務室の扉を開いたのは、王城に仕えて長い老医師だった。頭には医師の印である帽子《ぼうし》を被《かぶ》り、手には診察鞄《しんさつかばん》を下げている。

ダルニエ医師の登場に眉《まゆ》を上げたのはランフォードだった。

「シェインが、どうかしたか？」

あの晩餐《ばんさん》以来、フェリシアンによろしくない興味を抱《いだ》かれている王弟妃《おうていひ》を一人にするのを嫌って、ランフォードが他出の際に、王弟妃のことをもっぱら老医師のところに預けているのは周知のことだ。ランフォードからの問いに、ダルニエは首を振《ふ》って言った。

「申し訳ないが王弟妃は儂《わし》の作業場で留守番だ。ナターシャ王女が高熱で、侍女《じじょ》が儂を呼びに来た。今はその診察の帰りだ」

「ナターシャが？」

「うちの末の天使がどうしたって？」

カークランドとレンフォードが殆《ほとん》ど同時に言えば、老医師は淡々《たんたん》と言う。

「風邪《かぜ》が感染《うつ》っただけです。熱冷ましの薬をやって、今は落ち着いて寝《ね》ております。こまめに水を飲ませて着替《きが》えをさせて――寝かせておいてやれば明日《あした》か明後日《あさって》には元気になるでしょうな。他《ほか》の王女たちや王子も風邪は一巡《いちじゅん》しておりますから。誰かが新しい風邪を拾って来ない限り、しばらく心配する必要は無くなるかと」

「そうか――良かった」

心底、安心した声でレンフォードが答えて、カークランドも安堵《あんど》の息を吐いた。マリアとサラが風邪を引いて、そこから順々に熱を出して寝込む妹弟たちの看病で、王妃《おうひ》や乳母《うば》――それから侍女たちはしばらくてんてこまいのようだった。医師の口振《くちぶ》りからして、それも数日中には収まるようだ。

いつもなら用件を済ませれば、足早に立ち去っていく老医師の視線が、未《いま》だに叱責《しっせき》の衝撃《しょうげき》から立ち直れないでいるジェルマンに向けられた。

酷《ひど》く怪訝《けげん》な顔をしながらダルニエ医師が訊《き》いた。

「――そこにいるのは？」

風邪の季節に備えて忙《いそが》しくしていた医師は、作業場に籠《こ》もりきりでクアンツェの王子たちと顔合わせをしていない。カークランドは手で示して、王子の名前を告げる。

「クアンツェのジェルマン様です」

何気ない紹介《しょうかい》の言葉に老医師が顔色を変えた。

「──そこにいるのがジェルマンだと？」

目を見開く医師の剣幕《けんまく》に戸惑《とまど》いながら、カークランドは頷《うなず》く。

「ええ、双子の弟王子のジェルマン様です。兄王子のフェリシアン様は、騎士団の方にいる筈で──」

「いかん！　やられた!!」

カークランドの説明を最後まで聞かずに、老医師が身を翻《ひるがえ》した。医者の印である帽子が、吹《ふ》っ飛びそうな勢いだ。その勢いに瞬《まばた》きをすれば、ダルニエ医師が大声で言う。

「ナターシャ王女の診察の前に、儂のところに『ジェルマン』と名乗る犬獣人《いぬじゅうじん》が来おった！　ここにいるのが本物のジェルマン王子なら、アレは噂《うわさ》の馬鹿《ばか》王子の方だ!!」

そして、王弟妃であるシェインは今、ダルニエ医師の仕事場で留守番をしている。

カークランドが事の次第《しだい》を理解するよりも早く、動いたのはランフォードだった。

ダルニエ医師の横をすり抜け、執務室の扉を蹴《け》るようにして、あっという間に廊下《ろうか》に飛び出した叔父《おじ》の姿が見えなくなる。

レンフォードが焦《あせ》ったように、その名前を呼んだ。

「ランス!!」

呆《ほう》けたように立ち尽くすジェルマンは、まだ事の次第を飲み込んでいないようだった。実の兄に自分の名前を騙《かた》られているというのに、呑気《のんき》が過ぎる。役に立ちそうにないジェルマンを置いて、カークランドは廊下に飛び出した。

しばらく走っていくと、息を切らしたダルニエ医師が壁《かべ》に手を突《つ》いている。

足下《あしもと》には診察鞄が落ちていた。

肩で息をする老医師の介抱《かいほう》をすべきか迷うカークランドに、ダルニエが叫《さけ》ぶ。

「儂の作業場で人殺しは厳禁だ！　王弟殿下《でんか》に伝えてくれ‼」

――それは、確かに洒落《しゃれ》にならない。

最悪の想像に顔がひきつる。頷きながらカークランドは叔父の姿を追って、ダルニエ医師の作業場を目指して力一杯《ちからいっぱい》に地面を蹴った。

＊＊＊＊

落ち着かない気持ちで、シェインは薬草を刻みながら、ダルニエ医師の作業場で視線をさ迷わせた。

「お前さんは留守番だ！　儂が帰って来るまで、誰《だれ》も作業場に入れるな！　鍵をかけて大人しくしておれよ！」

手際《てぎわ》よく荷物をまとめながら、シェインにそう言ったダルニエは、医師を呼びに来た侍女を置き去りにするような勢いで作業場を飛び出して行った。あれからしばらく経《た》ったが、まだダルニエ医師は帰って来ない。

指示通り薬草を全《すべ》て刻み終えて、その場を簡単に片づけながらシェインはそわそわと尻尾《しっぽ》を動かす。

国王夫妻の末娘《すえむすめ》であるナターシャは、いつの間にか一歳を過ぎていた。

王族の証である銀色の髪《かみ》に、王妃譲《ゆず》りの活発そうな茶色の瞳《ひとみ》。ちょうどシェインがこの国に来た頃《ころ》に生まれた子ども。小さな体。それだというのに、腕《うで》にずっしりとかかる命の重み。不思議そうな目でシェインを見上げて、小さな掌《てのひら》を伸ばしてくる様子は、とても心癒《い》やされる。

――それに、なんとなく、ランスに似ている。

喃語《なんご》を拙《つたな》く話す子どもの物静かな様子は、なぜだかシェインの大事な伴侶《はんりょ》を思い起こさせる佇《たたず》まいがある。そして、シェインの抱《だ》っこを気に入ってくれているようで、なかなか腕から離《はな》れようとしないところも可愛《かわい》くて堪《たま》らない。

そんな可愛い姪《めい》の容態がどうなったのか。

気になってどうしようもなく、シェインは気も漫《そぞ》ろだった。一通り片づけの終わった作業場の中を、意味もなく歩き回ってみたりする。

いっそのことダルニエ医師に付いて行けば良かったと思いながら、シェインは背もたれの無い椅子《いす》に腰掛《こしか》けた。深い溜息《ためいき》が転がり出た。

付いて行ったところで、声が出ない、医療《いりょう》の心得も無いシェインは右往左往するだけだったに違《ちが》いない。そして、ダルニエ医師からの叱責が飛んできただろう。邪魔《じゃま》なだけだったのだから、やはり留守番で良かったのだ、と。そう自分に言い聞かせながらも、心配する気持ちが鎮《しず》まらない。

落ち着き無く、また椅子から立ち上がったところで作業場の扉を叩く音がして、シェインは飛び上がった。

ダルニエ医師か？

いや、ダルニエならば鍵《かぎ》を持っている。それなら誰だろう。

シェインが考えを巡《めぐ》らせている間も、扉を叩く音はずっと続いている。

――急患《きゅうかん》だろうか？

王城内の使用人たちの間でも、風邪が流行し始めているという。それなら、誰かがダルニエ医師の不在を知らずに訪ねてきてもおかしくない。

もしも扉を叩いている相手が病人ならば、医師の不在を告げて安静にしているように促《うなが》すべきだろう。医師が帰ってきたら、シェインが診察を頼《たの》めば良い。「誰も作業場に入れるな！」という言葉を思い出して、シェインは迷った。まだ、扉を叩く音は続いている。シェインは携《けい》帯《たい》用の黒板を手に取り、そこに文字を綴《つづ》った。

ダルニエいしは、るすです。

簡潔なそれだけの文章を書いた黒板を手に、訪問者にそれを見せるためにシェインは扉《とびら》に近付いて、そっと鍵を開けた。

細く扉を開いて黒板を差し出そうとするよりも先に、扉の隙間《すきま》から足を突《つ》っ込まれてシェインは驚《おどろ》きに目を見開いて、反射的に後退する。

「——ッ？」

「ああ、やっとお会い出来た」

どろりとした濁《にご》った声。

垂れた茶色の耳に、黒い瞳。

そこには、先ほどダルニエが一喝《いっかつ》と共に追い返した筈《はず》の——犬獣人の王子が立っていた。


ジェルマンさま？

そう呼びかけようとしたところで、シェインの尻尾の毛が本能的な警戒心《けいかいしん》から、びりびりと逆立つ。

——誰？


クアンツェから留学して来た双子《ふたご》の王子。

——この王子は、どちらだ？

狼獣人《おおかみじゅうじん》や犬獣人であれば、一度間近で顔を合わせた人間を匂《にお》いで判別することが出来る。

だから双子や三つ子の見分けも容易だ。しかし、猫《ねこ》獣人であるシェインには、そんなことは出来ない。双子の見分けには、体の特徴《とくちょう》と服装、それから、本人の名乗りを信じるしか無い。目の前の王子は、革《かわ》製の防具で顔を覆《おお》っていない。

――しかし本当に、この王子はジェルマンなのだろうか？

晩餐《ばんさん》の席で殆《ほとん》ど発言をすることなく、兄王子の発言に顔色を無くしていた弟王子。それと目の前に立つ王子の像が上手《うま》く重ならない。

陶酔《とうすい》したような表情を浮《う》かべ、扉の隙間に足を突っ込んで侵入《しんにゅう》してくるような不遜《ふそん》さは、どちらかというと――その兄に相応《ふさわ》しいような気がする。

それほど広くない作業場で、気が付けばシェインの背中は壁に当たっていた。

そんなシェインの怯《おび》えた様子に気付かない様子で、作業場の中にずかずかと入って来た相手は、薬草の香《かお》りに顔を顰《しか》めている。

「こんなところでは、せっかくの貴方《あなた》の香りが台無しだ。もっと外の風当たりの良いところでお話をしませんか？」

馴《な》れ馴れしい申し出を、シェインは首を左右に振《ふ》って拒否《きょひ》する。ダルニエ医師が帰ってくるまで、そしてランフォードが迎《むか》えに来るまで、シェインはここで過ごす約束をしている。

そんなシェインの頑《かたく》なな拒絶に対して、一瞬《いっしゅん》むっとしたような表情を浮かべてから、相手は気を取り直したように改めて名乗った。

「先ほどは弟の名前を借りてすみません。晩餐以来ですね、シェイン様？　クアンツェ王国の次期国王フェリシアン・エスタ・マーレです」

名乗られた途端《とたん》に、シェインの警戒心は最大限にまで高まった。ぶわりと尻尾が膨《ふく》らんで、警戒の意味を込めてゆらゆらと揺《ゆ》れる。

頭を過《よぎ》ったのはダルニエ医師の言葉だった。


やりこめられた逆恨《さかうら》み。


ぞわっと鳥肌《とりはだ》が立った。そんなシェインの緊張《きんちょう》を察してか、微《かす》かに鼻をひくつかせながらフェリシアンが言う。

「ああ、すみません。先日の晩餐で貴方を『淫奔《いんぽん》』などと言ってしまったのは間違《まちが》いでした。どこもかしこも騎士《きし》ランフォードの匂いに染《そ》め抜《ぬ》かれていて、純真さは疑いようが無い。羨《うらや》ましい。騎士ランフォードがお選びになった方ですね」

あまりの掌返しに相手の意図が読めずに、シェインは困惑《こんわく》した。しかも、その言い方だとシェインだけが猫獣人の中で例外で、他《ほか》の猫獣人は「淫奔」だと言っているようなものだ。結局、根本的な偏見《へんけん》は何も解決していない。そんな困惑を込めてシェインはフェリシアンを見つめる。とりあえず敵意は無いらしいが、どうしてシェインのところにわざわざやって来たのだろうか。

そんなシェインにフェリシアンは、ぶんぶんと尻尾を振りながら言う。

嬉《うれ》しさを抑《おさ》えきれないというような、興奮した表情だった。

「弟の名前を使っていたとはいえ、貴方には私に対する嫌悪《けんお》や憤怒《ふんぬ》も何もありませんね。――優《すぐ》れた能力を持つ者はとても孤独《こどく》なのです。すぐに嫉妬《しっと》の対象にされる。臣下に嫌《きら》われていようとなんだろうと、私は国王としてこれからクアンツェを統治していかなければなりません」

「……？」

政《まつりごと》にはそれほど詳《くわ》しくないが、クアンツェの次期国王が決まっていないことぐらいはシェインの耳にも入っている。そして、シェインがフェリシアンに対して嫌悪や憤怒を抱《いだ》いていないのは、嫌うほど相手のことを知らないし、怒《おこ》るのが下手《へた》くそだったからに過ぎない。

――それなのに、何か勘違《かんちが》いをしていないだろうか。

しかし、それはシェインが抱《かか》える小さな黒板に書き表すには難しい事柄《ことがら》だった。嗅覚《きゅうかく》が良いというのは本当らしい。それから、感情を読み取るというのも。すぐにシェインの困惑に気付いたらしく、フェリシアンが言う。

それはシェインが聞きたい事柄に何一つ掠《かす》らない、見当違いな台詞《せりふ》だったが。

「そうですね、はっきり言わないとシェイン様も困ってしまいますね。――では、単刀直入に言います。騎士ランフォードと別れて、私と結婚《けっこん》して下さい」

シェインは瞬《まばた》きをした。

そのまま硬直《こうちょく》する。

あまりにも突拍子《とっぴょうし》も無い台詞に、フェリシアンが何を言っているのか理解出来なかった。

「シェイン様は猫獣人ですから離婚《りこん》も難しくないでしょう。どうぞ、騎士ランフォードと別れて、クアンツェの王妃《おうひ》になって下さい」

「――？」

続けられる言葉が何一つ理解出来ない。シェインは、ただ首を左右に振って拒絶の意を示した。黒板で文字に起こしている暇《ひま》は無さそうだった。そうしている内に、相手が都合の良いように、どんどん話を進めていってしまいそうな、そんな強引《ごういん》さが見て取れた。

シェインの分かりやすい拒絶に、フェリシアンが一瞬、拗《す》ねたような表情を浮かべる。しかし、すぐに気を取り直したように言う。

「貴方を『淫奔』だと侮辱《ぶじょく》したことは謝ります。ウェロンの王弟妃《おうていひ》でいるよりクアンツェの王妃になれば、貴方の地位も上がります。望みは何でも叶《かな》えましょう」

意味が分からないことを言いながら、ランフォードと離婚するよう迫《せま》るフェリシアンの考えていることが本気で分からずに、シェインはただ頭《かぶり》を振って拒絶の意を示す。

それに分かりやすくフェリシアンが苛立《いらだ》った。

「騎士ランフォードには、もう貴方は必要無いでしょう？」

「――？」

「私にこそ貴方のような人が必要なんです。騎士たちからも国民からも慕《した》われて、それ以外の家臣たちにも騎士ランフォードは一目置かれている。その上に、貴方のような理解者までいるのは――あまりにも狡《ずる》いではないですか。いや、貴方のような理解者がいるからこそ、騎士ランフォードはあんなに心穏《おだ》やかにいられるのでしょう？　貴方のような人がいれば、私も国に帰った時に国王として他の者たちと上手くやっていけるに違いないんです。私のことを嫌っても、怒ってもいない貴方が、突出した才能に嫉妬をしない貴方のような人が、私の隣《となり》には必要なんです」

そう言いながら距離《きょり》を詰《つ》めてくるフェリシアンの言い分に、ますますシェインは混乱した。

まるで、シェインさえ横にいれば——シェインが横にいるから、ランフォードが騎士としての尊敬を集め人々から慕われているようなことを言う。

そんな訳が無い。シェインの存在など無くたって、ランフォードは国の者たちから好かれて尊敬されていた。ランフォードが他ならぬ自分自身で築き上げてきた信用だ。

シェインのような理解者がいるお陰《かげ》で心が穏やかだとフェリシアンは言うが、

シェインを理解してくれているのはランフォードのシェインのどんな些細《ささい》な感情も見逃《みのが》すことなく拾い上げて大切にしてくれる。

そんな相手の側《そば》から、どうしてシェインが離《はな》れなければいけないのか。

シェインはランフォードの番《つがい》なのだ。ランフォードだから、シェインは側にいることを決めた。だから、絶対に離れたりなどしない。

身を縮めて、ただ何度もシェインは首を左右に振った。

フェリシアンの考えていることは何となく理解したが、どうしてそんな考えに到《いた》るのかが分からない。

じりじりと距離を詰めてくる相手が、ひたすら——怖《こわ》い。

フェリシアンがシェインの反応に苛立ったように言う。

「私も騎士ランフォードのようなものです。だから、貴方が私を愛することだって容易《たやす》いでしょう?」

そう言うフェリシアンの黒い瞳《ひとみ》が爛々《らんらん》としている。あからさまな欲を持った口調で、間近に寄る相手にシェインは目を見開いた。

——フェリシアンがランフォードのようなもの?

全く違う。見た目も態度も、何よりシェインを思う気持ちだって、全《すべ》てが違う。それなのに何を言っているのか。

あまりにも相手の言い分が理解出来ずに、なんだか恐《おそ》ろしくなって来た。

「そんなに騎士ランフォードの匂いを身に付けておいて、何を怖がっているのですか? 大丈夫《だいじょうぶ》ですよ、私の匂いにすぐ塗《ぬ》り替《か》えて差し上げますから」

そう言いながらフェリシアンがシェインの腕《うで》を乱暴に取った。抱えていた黒板が床《ゆか》に落ちる。

そのまま掌《てのひら》に口づけを落とそうとする相手に、シェインの体は総毛立った。

——嫌。

嫌だ。

嫌。

ランフォードじゃなければ、嫌。

ランフォード以外の人は、嫌!

頭で考えるよりも先に、心の深いところから湧《わ》き出た思いが全身を走り抜けた。そんなシェインに、虚《きょ》を衝《つ》かれたような顔でフェリシアンが腕を握《にぎ》る手から一瞬だけ力が抜ける。その腕を思い切り振り払《はら》って、シェインはフェリシアンの横をすり抜けて扉《とびら》を目指した。

「——ッ!!」

激痛にシェインの口から声の無い悲鳴がこぼれ出た。

扉の取っ手に手をかけながら、痛みのあまり膝《ひざ》から頽《くずお》れて後ろを見れば、怒《いか》りに顔を歪《ゆが》めたフェリシアンがシェインの尻尾《しっぽ》を思い切り摑《つか》んで引っ張っている。

尻尾は敏感《びんかん》に出来ている急所だ。それを力任せに握られて、引き抜かれるような強さで引かれ、シェインの足から力が抜けた。

扉は僅《わず》かに開いただけで、外に飛び出すことは出来そうにも無い。声の出ないシェインでは助けも呼べない。

「猫《ねこ》獣人の癖《くせ》に勿体《もったい》ぶるな!!」

降ってきた罵声《ばせい》に身が竦《すく》む。何を言われたところで、嫌なものは嫌だ。ランフォード以外に、大事な番以外に体を明け渡《わた》すのは。

絶対に、嫌——。

尻尾からの激痛で頭が朦朧《もうろう》として来た。力の加減が分かっていない子どもがするように尻尾を握られて、どうしようも無い。

嫌、嫌だ、ランス、ランフォード。

ひたすらに番の名前を頭の中で呼び続けていると、荒々《あらあら》しい足音が聞こえてきた。尻尾を握っていた手が、怯《おび》えたように離れるのに、シェインは床に頽れたまま身を守るように体を丸める。

──ランス、ランス、ランス。嫌だ。ランス。

「私の番に何をしている!!」

聞き慣れた声と共に、轟音《ごうおん》が聞こえた。しかし、それが何かをシェインは確かめる余裕《よゆう》が無い。くらくらとする頭をなんとか持ち上げて、声の正体を確かめようとするより先に、大切な──たった一人の番の声が響《ひび》いた。

「シェイン！　大丈夫か!?　シェイン!!」

必死に名前を呼ぶ声。安心する腕に抱き上げられて、心の底から安堵《あんど》を覚える。必死にその胸に縋《すが》り付きながら、相手の名前を呼ぼうと口を動かす。

──ランス。

シェインの意識は、そのままぷつりと途絶《とだ》えた。

＊＊＊＊

カークランドはぎょっとして足を止めた。扉が半分開いたダルニエ医師の作業場。そこから轟音がしたからだ。そして、凄《すさ》まじい殺気が溢《あふ》れ出している。

——すぐに逃《に》げろ、近寄るな。

本能が忠告するのに逆らって、なるべく気配を消そうと努めながら、足音を殺し中をのぞき込むと予想よりも酷《ひど》い光景が広がっていた。

まず目に入ったのは、こちらに背を向けて立つ叔父《おじ》の背中。

怒りに尻尾の毛が逆立って、その背から殺気がこれでもかというほど伝わってくる。

叔父の腕の中には、どうやらシェインがいるらしい。声を発することの出来ない王弟妃は、いつも以上に静かだった。尻尾や足がだらりとしている様子しか見えないが、あの脱力《だつりょく》具合からすると気を失っているのかも知れない。

そして——作業場の壁《かべ》に叩《たた》きつけられたらしい、気を失ったように床に頽れているフェリシアンの姿があった。壁際《かべぎわ》にあった薬棚《くすりだな》が、フェリシアンの巻き添《ぞ》えになったらしく崩壊《ほうかい》しているのが見えた。

先ほどの轟音の正体はこれか、と見当を付けながら、ここまで叔父を怒《おこ》らせるほどのことをフェリシアンがしたのかと考えるだけで寒気がする。確認《かくにん》するのも恐ろしいと思っているカークランドの前で、ゆらりと叔父が足を踏《ふ》み出した。

「──叔父上！」

カークランドは作業場に飛び込んで、フェリシアンの前に回り込む。

それから後悔《こうかい》した。

ランフォードの新緑色の瞳は、かつて無いほどの殺気を湛《たた》えていた。

そして、腕の中でぐったりと意識を失っているシェインの頬《ほお》には涙《なみだ》の跡《あと》がある。

──何をしでかしてくれたんだ、この馬鹿《ばか》王子。

一応、背後に庇《かば》うことになったフェリシアンに対して頭の中に罵《ののし》りの言葉が溢れる。

あれだけ丹念《たんねん》に叔父が匂《にお》いづけをしている伴侶《はんりょ》だというのに、不用意に手を出せばどうなることか。

想像しなくたって分かる筈《はず》だ。

いや、分からなかったから、こうなっているのだろうけれど。

──本当に何をしでかしてくれたんだ、この馬鹿。

遂《つい》にカークランドの頭の中からフェリシアンに対して「王子」という呼称《こしょう》が抜《ぬ》け落ちる。

剣《けん》を抜かなかったのは腕にシェインを抱《かか》えるのに邪魔《じゃま》だったから、という理由だけに違いない。そうでなければ首が飛んでいただろう。そういうところで、フェリシアンは運が良いのかも知れない。そして結局、危害を加えたのであろうシェインに救われているのだから、どうしようも無い。

「カークランド」

低い声で叔父に呼ばれて、カークランドは思わず飛び上がる。

「退《ど》け」

新緑色の瞳の真ん中。瞳孔《どうこう》が細くなっている。

騎士《きし》団での野外演習の時に出会った獣《けもの》に近い、剝《む》き出しの強さ。

絶対的な強者からの命令。それに冷や汗《あせ》が止まらない。

本能はさっさと従ってしまえと言っていたが、理性がそんな自分を叱咤《しった》する。

カークランドは叔父の目を真っ直《す》ぐに見据《みす》えて言った。

「……退、きません」

「カークランド」

叔父の声が一段低くなるのに、体が震《ふる》えた。それでも、カークランドは叔父から目を逸《そ》らさなかった。

目を逸らしたら、たぶん死ぬ。

自分では無く、背後のフェリシアンが。

それは不味《まず》い。

「ダルニエ医師から伝言です。『儂《わし》の作業場で人殺しは厳禁』だそうです。ですから、叔父上。少し落ち着いて――」

「カークランド」

低い声で繰《く》り返される名前に、体を震わせながらカークランドは言った。カークランドの言葉では叔父は揺《ゆ》るがない。

だから使う名前は、たった一つ。

叔父の腕《うで》の中にいる、叔父のたった一人の大事な番《つがい》のそれだ。

「――叔父上、シェイン様をダルニエ医師に診《み》せてあげて下さい。ダルニエ医師もこちらに向かっています。すぐに来ます」

その言葉に叔父の気配が微《かす》かに変わった。腕の中で気を失ったままの番に新緑色の瞳《ひとみ》が向けられる。

それに畳《たた》みかけるように言った。

「フェリシアン・エスタ・マーレは私が責任を持って牢《ろう》に入れます。ですから、今は――」

お願いします、と力を込めて精一杯《せいいっぱい》にカークランドは言う。

そんなカークランドの言葉と同時に、ランフォードの腕の中で小さくシェインが身動《みじろ》ぎした。

唇《くちびる》が小さく動いて、叔父の胸に縋っていた掌《てのひら》が微かに動くのに、ランフォードの視線がそちらに注がれる。まだ気を失っている王弟妃《おうていひ》の名前を、そっとランフォードが呼んだ。

「――シェイン」

先ほどまでの感情すら窺《うかが》わせない殺気にまみれた声とは違《ちが》う。気遣《きづか》いと心配と愛情に満ちた声だった。

開け放たれたままの扉《とびら》から、騒《さわ》ぎを聞きつけた城の者たちが集まって来る音がする。

数秒の沈黙《ちんもく》。その後にランフォードは、カークランドに視線を向ける。先ほどの容赦《ようしゃ》ない殺気はカークランドに向けられなかった。けれども、それは殺意を発散させるよりも大事なことがあるからだとカークランドも理解している。

ランフォードが端的《たんてき》に言った。

「その男は私の番に乱暴した」

「は――」

思っていたよりも、ずっと悪い事態。

それに絶句するカークランドに、ランフォードは言う。

「兄上がなんと言おうと、私はその男を絶対に許さない。クアンツェの王子だろうが、なんだろうが関係ない」

言うべきことだけを告げて、叔父はくるりと背中を向ける。叔父の関心は無様に伸《の》びている犬獣人《いぬじゅうじん》の王子から、腕の中の大事な伴侶へと移っているらしかった。

「シェイン」

気遣うように慈《いつく》しむように名前を呼ぶ声がする。

そのままランフォードが立ち去れば、王城の者たちが怖々《こわごわ》とダルニエ医師の作業場の中をのぞき込んで眉《まゆ》を顰《ひそ》めている。扉が開け放たれているのだから、崩壊した薬棚も、伸びて気を失っているフェリシアンのことも丸見えだ。

そして、叔父が放った言葉も、全《すべ》て聞いていただろう。

――元から庇う気は無かったが、更《さら》にどうしようも無く庇いようが無い。

溜息《ためいき》を吐《つ》きながら、カークランドはフェリシアンに向き直る。

気を失っていた王子は、少しずつ意識を快復させているらしい。ぴくぴくと耳が動いて、それから薄《うす》く目が開かれる。

「……シェイン様？」

――よりによって、目を開いた第一声がそれか。

猫《ねこ》獣人は淫奔《いんぽん》だの、騎士ランフォードの伴侶に相応《ふさわ》しくないだの。あれだけ口にして言い触《ふ》らして、本人の前でもはばかることなく言っておいて。今は叔父の存在があるにもかかわらず、奇妙《きみよう》なほどに執着《しゅうちゃく》をしている。

――本当に、何を考えているのか理解に苦しむ。

そう思いながら、カークランドはフェリシアンに近寄って一言告げる。

「フェリシアン様――失礼」

今日までの心労と、苛立《いらだ》ち。

それら全てを込めて、思い切り手刀を首に叩き込む。

会心の一撃《いちげき》。

それに、ぐっと呻《うめ》き声を上げながら気を失ったフェリシアンを荒《あら》っぽく拘束《こうそく》しつつ床《ゆか》に転がして、カークランドは溜息を吐いた。ダルニエ医師の作業場は人死にこそ出なかったが、酷《ひど》い有様だ。ここ数日、シェインの手を借りてダルニエがせっせと作っていた薬も、駄目《だめ》になっているだろう。

そして、叔父《おじ》は絶対に、この王子を許すことはしない。何があったのか知った城の者たちも、民《たみ》も。

留学中の王子の不始末にしては、事が大きすぎる。ウェロンとクアンツェの両国の信頼《しんらい》関係まで揺るがす問題だ。

——一体どうしたものか。

思いながら頭を抱えているが、良い考えなど浮《う》かばない。胃のあたりを擦《さす》っていると宰相《さいしょう》の声がした。

「カークランド様」

その声に顔を上げれば、宰相の後ろには拘束されたフェリシアンの片割れであるジェルマンが青ざめた顔で立っている。そして、その横には——父であるレンフォードがいた。

「父上」

情けない声が出ている。そう思いながら呼びかければ、近寄ってきた父がぐしゃぐしゃと頭を撫《な》でた。

深緑色の瞳が優《やさ》しい。

「ランスをよく止めたなぁ、偉《えら》いぞ。頑張《がんば》ったな、カーク」

叔父の容赦ない殺気を思い出して今更のように体が震えた。父の手が労《いたわ》るように、ぽんぽんとカークランドの頭を軽く叩《たた》いた。

幼い頃《ころ》から、何度もカークランドの頭を撫でてきた手。

その手の大きさを、今更思い知ったような気がする。

父がにこりと笑って言った。

「——さて、ここからは私の出番だ。なぁ、宰相？」

明るい声に、足から力が抜《ぬ》けそうになる。

——父上の後を継《つ》ぐのは、まだまだ先になりそうだ。

そう思いながら、カークランドは安堵《あんど》のあまり震える息を小さく吐き出した。

第四章

　ぱっ、と目が覚めた。

「シェイン？」

　ランフォードの声に安堵するのと同時に、気を失う前のとてつもない恐怖心《きょうふ》が襲《おそ》って来て、シェインの体は硬直《こうちょく》した。

　尻尾《しっぽ》が酷く痛む。呼吸が自然に浅くなっていく。そんなシェインの体を優しく抱《だ》き込んで、ランフォードが静かな声で名前を呼ぶ。

「シェイン」

　大丈夫《だいじょうぶ》だ、と言われた途端《とたん》に、ぶるりと体が震《ふる》えてシェインは両腕を伸ばしてランフォードの首に縋《すが》り付いた。どきどきと心臓が鳴っていてうるさい。そんなシェインの体をランフォードが優しく抱き締《し》めて、宥《なだ》めるように撫でる。

　そっと辺りを窺うと、ランフォードの居城——王弟夫妻の居間であることに気が付いて、心の底からの安堵で力が抜けていく。

「シェイン、大丈夫か？」

　ランフォードからの問いかけに、ただただ頷《うなず》く。二人きりしかいないと思っていた空間に、ふと別の声がした。

「面目ない。申し訳なかった」

――ダルニエ医師の声だ。

そう分かっているのに、不自然なほど体が強《こわ》ばって動けない。ランフォード以外に人がいる、という事実に体中が強ばって、心臓が速く鳴る。

そんな自分に戸惑《とまど》っていると、シェインの体を落ち着かせるように抱《かか》え直して、ランフォードがゆっくりと告げた。

「クアンツェの王子たちと顔を合わせていないのだから、その状態で判別しろという方が無理だろう。それに急患《きゅうかん》だったのなら仕方がない。ナターシャが高熱だったのだから、そちらを優先するのは当然だ」

「それでも誰《だれ》か人を付けるべきでした。――本当に、申し訳ない」

普段《ふだん》は矍鑠《かくしゃく》とした医師の声が、珍《めずら》しく沈《しず》んでいる。

悪いのは誰も入れるなと忠告されたのにもかかわらず、扉を開けてしまったシェインだ。ダルニエ医師は悪くない。そう思っているのだが、体がぴくりとも動かない。

自分でもどうしてか分からない状態に戸惑っていると、そんなシェインの背中を優しくランフォードが擦った。そして言う。

「一番悪いのはクアンツェの王子だ。だから、必要以上に自分を責めるのはやめてくれ。――それと、私も怒《いか》り任せに薬棚《くすりだな》を壊《こわ》した。あれは申し訳なかった」

「そう言ってくださるなら、分かりました。心がけます。――薬棚は、まぁ、仕方がありません。薬はまた作れば良いだけのことです」

溜息と共にダルニエが言った。それから今度は医者の口調になって、老医師が告げる。

「王弟妃《おうていひ》の尻尾ですが、力任せに引っ張られたせいで根本が腫《は》れております。しかし、骨や筋は傷ついてはおりませんから——なるべく動かさないよう安静にしていればよろしいでしょう。腫れが酷くなったり、熱が出るようなことがあったりすれば、すぐにお知らせ下さい」

それでは、とダルニエが退出する気配がする。

結局、シェインは一度もそちらを見ることが出来なかった。

なぜか分からないが体が硬直したまま。身動きをするのも怖《こわ》いと思ってしまう。

「シェイン」

大丈夫だ、と言いながらランフォードが宥めるようにシェインを抱え直す。それに意識を失う前の出来事が頭に蘇《よみがえ》ってきて、どうしようもなく体が震えた。ランフォードの腕《うで》の中にいる。それだというのに、恐怖が去ってくれない。がたがたと震え出すシェインの体を、ランフォードが辛抱強《しんぼうづよ》く撫でている。

意味の分からない言い分と共に、迫《せま》ってきたクアンツェの兄王子のことを思い出すと、シェインの体は震えが止まらなかった。かけられた言葉が、ぼんやりと頭の中で蘇る。

ランフォードと別れて、自分と結婚《けっこん》してくれ。匂《にお》いなんて塗《ぬ》り替えてやる。猫獣人の癖《くせ》に勿体《もったい》ぶるな。

そんなようなことを言われた気がする。

力任せに尻尾を摑《つか》まれて、その激痛で意識を失ったのは覚えていた。そして、気を失う間際《まぎわ》にランフォードが駆《か》けつけてくれたことも。そこでシェインの頭に過《よぎ》ったのは、ふとした疑念だった。

――本当に、そうなのだろうか？

痛みのあまり意識が朦朧《もうろう》としていたせいで、その前後の記憶《きおく》が曖昧《あいまい》だった。気を失っていなかった、とは言い切れない。

その間に、もしかして自分は、あの王子に？

――そうだったら、どうしよう。

思った途端に、恐怖心でいっぱいになった。目の前の人に縋り付く権利があるのかどうか。それすら分からなくなって、シェインは息すら出来なくなった。

「シェイン」

そんなシェインの体をランフォードの掌《てのひら》が優しく擦る。

「――ッ」

「シェイン、大丈夫だ。だから、息をしてくれ」

促《うなが》すように優しく喉仏《のどぼとけ》のあたりを指が擽《くすぐ》る。それに乾《かわ》いた咳《せき》が口からこぼれて出た。浅い呼吸を繰《く》り返していると、心音が速くなっていくのを感じる。がちがちに強ばった体を苦労して動かしながら、シェインは差し出されたランフォードの掌に文字を綴《つづ》る。

ぼく、ランスと、ふうふ？

その問いに、ランフォードが新緑色の瞳《ひとみ》を見開いて固まる。震える指で、そのままシェインは問いを重ねた。

ちゃんと、つがい？

ランフォードが顔色を変えて言った。

「当たり前だろう！」

その肯定《こうてい》に、よく分からない感情と共に、目から涙《なみだ》がぼろぼろと溢《あふ》れてくる。ランフォードがシェインの体を引き寄せて額を合わせると、新緑色の瞳を痛ましげに細めて言った。

「──良いか、シェイン。あの犬獣人《いぬじゅうじん》の王子に何もされていない。大丈夫だ」

言い聞かせる口調に申し訳なさが募《つの》っていく。それでも震える指が文字を綴るのを止められなかった。

ほんとう？

「こんな大事なことで、嘘《うそ》なんて吐《つ》かない」

きっぱりと言い切ったランフォードが、鼻先を擦《こす》り合わせるようにして口づけた。

「私が嘘を嫌《きら》いなのは知っているだろう？」

口づけの合間に、確認《かくにん》するように言われて頷く。

「だから、これは本当だ。それに誰かの匂いが付いたぐらいで、私がシェインを手放す訳が無いだろう。私が伴侶《はんりょ》になると誓《ちか》ったのはシェインだからだ。一生シェインだけだ。──ダルニエ医師にも言ったが、悪いのはクアンツェの兄王子だ。シェインは何も悪くない」

だから、何も心配することは無い。

そう言われてようやく気持ちが落ち着いてくる。

心の底からほっとして、今度は安堵《あんど》の涙がぽろぽろとこぼれていく。ランフォードの指先がシェインの頬《ほお》を拭《ぬぐ》った。

「駆けつけるのが遅《おそ》くなってすまなかった。怖かっただろう」

ランフォードが駆けつけるのが遅かったことなんて無い。何度も首を左右に振《ふ》りながら、シェインはランフォードの胸に顔を埋《うず》めた。

正直、自分に対して、ああいう欲求を抱く人間がいるなんてことをシェインは想像したことも無かった。

ランフォードがシェインに向けてくれるそれとは、まるで違《ちが》う。

お互《たが》いが愛《いと》おしいという気持ちからの触《ふ》れ合いではなく、単なる物のようにただ体を要求されたこと。まるで簡単に替《か》えが利《き》くかのように平然と愛情を要求されたこと。フェリシアンの言葉も行動も何もかも意味が分からなくて、怖くて堪《たま》らなかった。

何より怖かったのは、ランフォードから大切に注がれてきた愛情を、誰か別の人の手によって台無しにされてしまうような気がしたことだ。

シェインはランフォードしか知らない。

今までも、これからも、ずっとランフォードだけだ。

それなのに、そこに無理矢理《むりやり》入って来ようとする第三者がいると考えると、怖くて怖くて堪らない。未《いま》だに、その恐怖《きょうふ》の余韻《よいん》が全身を支配している。

ぐずぐずと泣きながら、シェインはようやく動くようになった唇《くちびる》で、震《ふる》えながら伴侶の名前を呼ぶ。

「……ランス」

ランスが良い。

ランスだけが良い。

ランスだけがシェインの伴侶で、大事な番《つがい》だ。だから、ランスにだけは、嫌われたくない。

これまでの短い人生の中でも、足下《あしもと》が崩《くず》れてしまうような覚束《おぼつか》ない思いにシェインは何度も襲《おそ》われたことがある。

それでも──目の前の相手のことを考えると。目の前の相手に嫌われてしまった自分のことを考えると、本当に目の前が真っ暗になったような気分になる。

この人だけは、失いたくない。

シェインのたった一人の番。

嫌いに、ならないで。お願いだから。

そんな思いを込めて目の前の相手にしがみついて、掌に力を込めると、ランフォードがシェインの髪《かみ》に顔を埋めて、落ち着いた声で言った。

「──シェイン、大丈夫《だいじょうぶ》だ」

今まで何度も何度も自分のことを救ってくれた言葉が、じんと体に響《ひび》く。優《やさ》しく頭を撫《な》でた掌が、三角耳の付け根を擽り、そのまま頬をなぞって首筋へと下りる。

ランフォードの言葉が、シェインの耳に直接響いた。

「私の番はシェインだけだ。何があっても、それだけは変わらない。シェインもそうだろう？」

しがみつきながら何度も頷《うなず》けば、小さく笑ったランフォードが言葉を続ける。

「シェインだけが好きだし、愛している。私がずっとシェインの側《そば》にいるように、シェインもずっと私の側にいてくれるんだろう？　だから、大丈夫だ」

それは、ただの事実だ。

語られる当たり前の言葉が嬉《うれ》しくて堪らない。

いつもの確認の言葉が嬉しくて堪らない。泣きながら頷いて、震える声でシェインは相手への思いを一生懸命《いっしょうけんめい》に口にする。

「す、き……ぃ」

「――ああ」

愛している、という言葉は、まだ音にならない。

だから拙《つたな》いその言葉を何度も何度も繰り返す。

「ランス、すき、すき――」

ぐずぐずと泣きながら、そう言うシェインに触れるランフォードの掌はどこまでも優しい。

「愛している」

大丈夫、聞こえている。

そんな言葉と共に、シェインの全《すべ》てを拾い上げてくれるこの人のことが、どうしようもなく愛おしくて堪らない。

遠慮《えんりょ》がちにシェインが手を動かすと、その動きを察してすぐにランフォードの掌が差し出される。

「ランス」

におい、つけて。

猫獣人《ねこじゅうじん》のシェインには、ランフォードが付けてくれる匂《にお》いは分からない。それでも、今は無《む》性《しょう》にその匂いを付けて欲しいと思う。相手の匂いで満たして欲しくて堪らなかった。

「シェイン」

戸惑《とまど》ったように名前を呼んで、顔をのぞき込まれる。その新緑色の瞳に向けて、シェインは同じ願いを繰り返した。

ランスのにおい、つけて。

同じぐらい、シェインの匂いでランフォードが満たされれば良い。そんな思いと共に、菫色《すみれいろ》

の瞳でじっと相手を見つめると、ランフォードが新緑色の瞳を細めた。

どこか獰猛《どうもう》な、色。

けれども、決してシェインを傷つけることの無い新緑色の瞳。それを細めて、ランフォードが唸《うな》るような声で言った。

「……手加減が、出来ない」

忠告めいた言葉に、瞬《まばた》きをしてそれからシェインは掌《てのひら》に綴《つづ》る文字で言葉を返す。

だいじょうぶ。

こんな時でも、きちんとシェインのことを心配してくれるランフォードに愛おしさが募る。

ランフォードの腕《うで》の中で目を醒《さ》ましてから、初めてシェインは顔に笑《え》みを浮《う》かべた。

安心しきった、幸せそうな表情。

それにランフォードが軽く目を見開く。

菫色の瞳《ひとみ》を潤《うる》ませたまま、シェインは告げた。

「ランス、すき」

ランフォードにならば何をされたって大丈夫だ。この優しい伴侶が、何より自分のことを大切にしてくれていることをシェインは知っている。

だから心配することなど何も無かった。

ふわり、と微笑《ほほえ》むシェインの唇に、ランフォードの唇が重なった。

声にならない思いが伝わったように、重なり合った唇が深く交わって触れる。濡《ぬ》れた音と共に、少しだけ唇が離《はな》れた。

シェインの息は既《すで》に少し上がっている。

新緑色の瞳が、熱を持ってシェインを見つめていた。

「シェイン」

名前を呼ぶ声には隠《かく》しようが無いほどの欲が満ちていた。そのまま、腕を回されて抱《だ》き上げられる。寝室《しんしつ》に運ばれる中、ランフォードの腕に身を委《ゆだ》ねながら、シェインは番の首に腕を回した。

＊＊＊＊

——王弟殿下《おうていでんか》が「二度目」の匂いづけを行っている。

その話はあっという間に城内に広まった。

カークランドは耳を疑った。

狼獣人《おおかみじゅうじん》は、番になる相手に丹念《たんねん》に己《おのれ》の匂いをつける習性がある。その間、無防備になる番のために周囲を威嚇《いかく》する匂いを発する。それは生涯《しょうがい》一度きりの行為《こうい》の筈《はず》だ。

なのに、それが「二度目」というのはどういうことだ。

さすがに父である国王レンフォードも顔をひきつらせながら、ダルニエ医師に訊《たず》ねた。

「それは——大丈夫なのか？」

叔父《おじ》が破壊《はかい》した薬棚《くすりだな》に保管していた薬類が全《すべ》て駄目《だめ》になり、一からそれらを作り直す作業の指揮を執《と》りつつ、あちこちに出る風邪《かぜ》の患者《かんじゃ》の診察《しんさつ》のために駆《か》けずり回っているせいで、珍《めずら》しく疲《つか》れた顔をした老医師は肩《かた》を竦《すく》めて言った。

「王弟妃《おうていひ》は尻尾《しっぽ》に怪我《けが》をしていたが、骨や筋に異常はありませんでした。何より王弟殿下が王弟妃殿下の不調を押してまで、行為に及《およ》ぶとは思いませんから——恐《おそ》らく大丈夫でしょう。食事だけ与《あた》えておけば、気が済むまで睦《むつ》みあって出て来るでしょう。いつ気が済むかは知りませんが——それこそ今の王弟殿下の居城に押し入ったら死人が出ますぞ」

騎士《きし》ランフォードの威嚇は凄《すさ》まじいものがある。

初めての匂いづけの時も、食事を差し入れていた使用人が顔を蒼白《そうはく》にしていたのは有名だ。

二度目も、その威力は変わらない。

それどころか威嚇の威力が若干《じゃっかん》、増しているような気がする。

そんな報告を耳にしているせいか、珍しく落ち着かない顔のレンフォードが問いを重ねる。

「今回はランスの奴《やつ》、相当に色々と頭に来ていたからなぁ。私が心配しているのは、ランスよりシェインだ。二度目の匂いづけなんて、シェインは大丈夫なのか？　狼獣人でも聞いたことが無いのに、猫獣人だぞ？」

カークランドもレンフォードの言葉に全面的に同意だった。

叔父である人にこんなことを言うのもなんだが、今回ばかりはランフォードの理性を信用しきれない。そもそも、シェインのことになるとランフォードの理性が飛びがちなのはもう十分に知っている。

無礼な犬獣人の王子の来訪。

その王子の騎士団での問題行動に加えて、溺愛《できあい》しきっている伴侶《はんりょ》への乱暴である。

普通《ふつう》の狼獣人でも激怒《げきど》する状況《じょうきょう》だと言うのに、大人げないほど伴侶を溺愛しているランフォードが、その状況下に置かれたのだ。

心配するな、という方が無理がある。しかし、なにかにつけて王弟夫妻の間に一番巻き込まれがちな老医師の見解は、意外なほどに楽観的だった。

「儂《わし》の意見ですが、あの二人は外野が思うよりも似た者同士ですから心配はいらんでしょう。王弟殿下の気が済むまで王弟妃殿下を溺愛させておけば良いかと」

その言葉にレンフォードが困惑《こんわく》の声を上げた。

「溺愛？」

「はい」

「ランスの気の済むまで？」

「はい」

「いつも溺愛しているだろう？」

レンフォードの疑問に、ダルニエが考えるように視線を宙に向けて言う。

「――いつもより些《いささ》か過剰《かじょう》かも知れませんが」

「いつもより些か過剰な溺愛？　あれ以上の溺愛っていうのは、どんなのだ？　というか、あれ以上があるのか？」

「儂に聞かんで下さい」

「私は義弟《おとうと》が腹上死――いや、この場合は溺愛死か？　なんてことになるのはごめんなんだが、本当に大丈夫《だいじょうぶ》か？」

「それも儂に聞かんで下さい。それに、なんですか。溺愛死とは。そんな死に方、儂は知りませんぞ」

シェインの祖国であるヴェルニルに伝える死因が溺愛死では、あんまり過ぎる。

そんなことを思いながら、カークランドはダルニエ医師が言うところの「いつもより些か過剰な溺愛」を思い浮かべようとして失敗した。

そもそも、これでもかというほど王妃を溺愛しているレンフォードにすら想像がつかない溺愛である。番《つがい》もいない自分に、そんなものが分かる筈が無い。怖《こわ》すぎてそれ以上ランフォードの溺愛について考えることをカークランドの理性が拒否《きょひ》した。レンフォードもなんとも言えない顔で沈黙《ちんもく》している。

そんなレンフォードとカークランドの顔を見やって、老医師は言う。

「とにかく、王弟妃に害が及ぶようなことは無いでしょう。精々しばらく足腰《あしこし》が立たんぐらいかと。そうなったら王弟殿下が責任を持って面倒《めんどう》を見るでしょうし――問題は無いのでは？」

それはそれで色々問題な気がするのだが、この状況そのものの破壊力が凄まじくて言葉にならなかった。

レンフォードが思案するように唸るのに、ダルニエ医師が苛々《いらいら》とした声で言う。

「陛下。そんなに心配なら儂は止めませんから、王弟夫妻の寝室に突撃《とつげき》して来なさい。命の保証はしませんが、さすがの王弟殿下も陛下相手にならば手加減ぐらいはしてくれるでしょう。儂の希望的観測ですが。——儂は薬作りの続きがあるんです。これ以上あの二人の壮大《そうだい》な惚気《のろけ》に付き合っていられません！」

そんなダルニエ医師の怒声と共に、王弟夫妻——主にシェイン——の身を案じる話し合いは終了《しゅうりょう》した。急ぎ足で退出したダルニエ医師の背中を見送って、気を取り直したようにレンフォードが言う。

「まぁ、ランスが部屋から出て来ないというのは、好都合なんだがなぁ」

現在、ウェロンとクアンツェの間ではひっきりなしに使者が行き交《か》っていた。

もちろん、フェリシアンの処遇《しょぐう》を巡《めぐ》ってのことである。

番についての認識《にんしき》は、ウェロンもクアンツェも共通している。

番というのは最も尊重される個人と個人の繋《つな》がりだ。

それだというのに、留学中の王子が、留学先の王弟妃に横恋慕《よこれんぼ》して襲《おそ》いかかったのである。

あってはならないことだ。

知らせを受けてやって来た使者も「どういうことか直接、フェリシアン様に事情を聞きたい」と申し出たので、カークランド立ち会いの下《もと》、牢《ろう》に入れられたままのフェリシアンとの面会が行われた。

結果として、フェリシアンは全く反省することなく、王弟妃を乱暴しようとしたことをあっさり認めた。

壁《かべ》と薬棚に強く体を打ち付けたせいで、肋骨《ろっこつ》が何本か折れたらしい。自分の作業場を滅茶苦《めちゃく》茶《ちゃ》にした元凶《げんきょう》に対しても適切な診察と処置を施《ほどこ》したダルニエ医師によって包帯を巻かれ、痛み止めを服用しているせいか異常に元気の良いフェリシアンは前のめりに告げた。

――騎士ランフォードには、もうシェイン様は必要無いでしょう。今度は私の妃《きさき》になって貰《もら》おうと思ったまでです。それの何がいけないのですか。カークランド様。早く、ここから私を出して下さい。クアンツェの次期国王に対して不敬ですよ。

悪びれもせずに言い切った王子に、クアンツェからの使者は頭を抱《かか》えていた。

カークランドも気持ちは同じだった。フェリシアンの言い分は意味不明である。そして、本人が反省もしていないのだから、弁明の余地すら無い。

「あちらの使者にはなりたくないですね」

そう言ったのは、宰相《さいしょう》だった。それにカークランドも全く同感だった。

ただでさえ、晩餐《ばんさん》会での無礼な振《ふ》る舞《ま》いについて伝えて、クアンツェの国王から直々に謝罪の手紙が届いていたというのに――その直後に、この騒動《そうどう》である。

加えて、今回の騒動は妹弟たちの風邪の看病にあたっていた王妃の耳にまで届いてしまった。

カークランドが有無《うむ》を言わせぬ勢いの王妃に事の詳細《しょうさい》を話すように迫《せま》られたのは三日前のこと

である。母ノエラの怒《いか》りは凄まじかった。レンフォードと結婚《けっこん》した時から、ランフォードはノエラにとって「可愛《かわい》い義弟」である。そして、シェインは「可愛い義弟の可愛い嫁《よめ》」で、特にシェインのことは普段《ふだん》から手放しで可愛がり親しくしている。その二人の仲を裂《さ》こうとする暴挙を王妃が許す筈が無かった。

「シェイン様に何てことをするの!!　どこの王子か知ったこっちゃないわ!　連れて来なさい!!　お説教よ!!」

王妃は激怒しながらそう言った。

思わずカークランドの尻尾が丸まるぐらい――そして、怯《おび》えた幼い妹弟たちが泣き出すぐらいに、王妃は犬獣人の兄王子に対してお冠《かんむり》である。

そんな様子の王妃を見ても「今日も私のノエラは素敵《すてき》だなぁ」と惚気ることが出来るレンフォードの思考回路は、カークランドには謎《なぞ》である。

「そもそも、悪いのは後継者《こうけいしゃ》問題をずるずると引き延ばしたクアンツェの国王だ。統治者として問題をはぐらかすのは悪いことではないが、後継者問題に対しての手段としては悪手だ。国の先行きに付け入る隙《すき》があるというのはよろしくない。下手《へた》をすれば良からぬ野心を抱《いだ》く者が現れて、最悪はアンデロのように内乱が起こる。――親心として、自分の子のどちらかに国を継《つ》いで欲しいという思いを捨て切れなかったのは分かるし同情するよ。しかし、それは家族間でやってくれ。フェリシアン殿《どの》の思い上がりは、元来の性格もあるだろうが、曖昧《あいまい》な態度をとり続けた国王にも責任がある。国王としても、親としても。その責任を取って貰わないと、どうしようもない」

フェリシアンの処遇と、クアンツェの後継者問題。切っても切れない二つの問題をどうにかしろと、連日クアンツェの使者に父親は圧をかけ続けている。

親としての責任と説きながら。

その働きかけは、確かにレンフォードでないと出来ないものだ。

それにしてもクアンツェは、これから先どうなるのだろうか。番の絆《きずな》を蔑《ないがし》ろにするような者は、ウェロンとクアンツェのどちらの者からも嫌《きら》われる。フェリシアン本人が思い描《えが》くような未来の国王は誕生しないだろう。そして、兄の暴挙を止められなかったジェルマンが「仕方がなく」国王を引き受けるような未来も。

そう心配するカークランドに、レンフォードは言った。

「まともな国王なら、後継者問題に対しての腹案ぐらいとうの昔に立てている筈《はず》だ。後はフェリシアン殿をどうするか、こちらとあちらの妥協《だきょう》点の探《さぐ》り合いというところだな。それらが整うまでの間、ランスには引きこもっていて貰いたいんだがなぁ——」

呟《つぶや》いてレンフォードが何とも言えない顔で顎《あご》を擦《さす》った。

「シェインは本当に大丈夫なのか？」

その問いに答えられる者は、この場に一人としていない。

カークランドはただ、黒猫獣人《くろねこじゅうじん》の無事を祈《いの》りつつ、首を振った。

＊＊＊＊＊

――端《はた》から見たら睦《むつ》み合っているというより、一方的に襲いかかっているように見えるかも知れない。

そんなことを思いながら、ランフォードはそっとシェインの肌《はだ》に唇《くちびる》を落とした。白い肌は、どこもかしこもランフォードが付けた鬱血痕《うっけつこん》や噛《か》み痕《あと》でいっぱいになっている。微《かす》かな喘《あえ》ぎ声はとっくに嗄《か》れ果てて、震《ふる》えるような呼気を吐《は》き出すだけになっていた。

それでもランフォードが体を起こそうとすると、弱々しく回された腕《うで》や足――それから尻尾《しっぽ》が離《はな》れないでと言うように絡《から》みついてくる。のぞき込んだ番の瞳《ひとみ》は、蕩《とろ》けた菫色《すみれいろ》になっていて、今にも溶《と》けだしてしまいそうだった。

手加減出来ない。

その言葉の通りに、全く手加減せずに抱《だ》いた自分の無体に苦い思いが沸《わ》き上がる。それでも、ぼんやりと自分を見つめてくるシェインの眦《まなじり》に唇を寄せて体を優《やさ》しく抱き寄せた。そんな仕草に安心したらしく息を吐いたシェインがランフォードに体を寄せて力を抜《ぬ》く。

「シェイン」

呼びかければ、三角耳がぴくりと動いた。

「大丈夫《だいじょうぶ》か？」

こくこくと頷《うなず》きで返される「大丈夫」に、思わずランフォードは苦笑《くしょう》する。「大丈夫」じゃないぐらいに、散々に抱き尽《つ》くした体を労《いたわ》るように撫《な》でながら、長い射精の後にようやく萎《な》えた性器を相手の体からずるりと引き抜くと、シェインが小さく全身を震わせた。

薄《うす》い腹を優しく押してやると、ランフォードが中に吐き出した白濁《はくだく》が、とぷりと後孔《こうこう》から溢《あふ》れて敷布《しきふ》を汚《よご》していく。シェインが体を小さく跳《は》ねさせて、慎《つつ》ましい性器が揺《ゆ》らす。ひたすら求めて抱いた体は、すべての刺激《しげき》に敏感《びんかん》になっている。たった、それだけの動きで軽く達してしまったらしく、シェインから快感と共に羞恥《しゅうち》を感じ取って、ランフォードは小さく笑いながら、数えることも出来ないぐらい何度目かの口づけを落とした。

「――」

触《ふ》れ合う唇と、絡まる舌。濡《ぬ》れた音。

シェインの唇から艶《なま》めいた吐息《といき》がこぼれて、再び目の前の相手を愛し尽くしたい衝動《しょうどう》に駆《か》られ、ランフォードは慌《あわ》てて正気を保つように奥歯を噛んだ。深く呼吸をしてから、シェインの体を抱き起こす。

どこもかしこも――ランフォードの匂《にお》いで染まりきった番は、健気《けなげ》に腕を回してランフォードに身を委《ゆだ》ねてくれる。

くったりとした体を抱き上げたまま、寝台《しんだい》であぐらを掻《か》いて足の上にシェインをおけば、とろんとした瞳が不思議そうにランフォードを見上げる。ゆらりと揺れた黒い尻尾が、誘《さそ》うようにランフォードの体に巻き付く。

――もう、終わり？

言葉よりも雄弁《ゆうべん》な匂いに誘われながら、ランフォードは言った。

「休憩《きゅうけい》だ」

本当なら、休憩どころか行為《こうい》を終えるべきなのだろうが、まだ離れ難《がた》くてどうしようもない。番の言葉に都合よく甘えることにして、そっと相手の臀部《でんぶ》に手を這《は》わせて、散々にランフォードの剛直《ごうちょく》を受け入れさせた後孔に指を埋《う》めて白濁をかき出す。

「──っ、──」

とろとろと伝い落ちていくそれが、どうしても恥《は》ずかしいらしい。顔を真っ赤に染めたシェインが、小さく体を丸めようとするのに、宥《なだ》めるように口づけを何度も送る。

華奢《きゃしゃ》な相手の薄い腹に、よくもこれだけ欲を吐き出したものだ。自分の衝動と欲求に呆《あき》れながら、ランフォードはもう片方の手で水差しを取り上げて水を口に含《ふく》むと、口移しの名目でシェインに口づけた。

ひくひくとシェインの体が震える。快楽を与《あた》えられ過ぎて、すっかり敏感になってしまった体が可愛らしくて堪《たま》らない。

愛《め》でるように何度も口づけていると、自分よりもずっと小さな体から、くたりと力が抜けていくのに、ランフォードは慌てて口づけを止《や》めた。

「シェイン、大丈夫か？」

「──」

こくこく、と頷きで答えられる。その「大丈夫」は全く信用出来ない。どこまでも自分に甘い伴侶《はんりょ》にランフォードは苦笑して、大事にその体を腕に抱き込んだ。

――シェインの匂いは、いつだって混じり気が無く真っ直《す》ぐだ。

フェリシアンに対する拒絶《きょぜつ》も、それは同じだった。尻尾を掴《つか》んでシェインを引き留めようとしていた犬獣人の王子は、シェインに対して腹が立つ以上に――そのあまりにも強い拒絶の意志に、酷《ひど》く傷ついていたようだった。とはいえ、それでランフォードの大事な番《つがい》に乱暴を働いたことが許される訳ではないが。

お気に入りの玩具《おもちゃ》が手に入らないと、強情《ごうじょう》を張って駄々《だだ》をこねる子どものように黒い尻尾を掴む王子の手を振《ふ》り払《はら》い、ついでに思い切り蹴《け》り飛ばしたことをランフォードは微塵《みじん》も後悔《こうかい》していない。ダルニエ医師の薬棚《くすりだな》を駄目にしたことに対して申し訳ない気持ちはあるが、フェリシアンに対しては微塵も同情の余地は無い。

シェインはランフォードのもので、ランフォードはシェインのものだ。

それだけは誰《だれ》に何を言われても譲《ゆず》れない事実である。

平静を装《よそお》いながら荒《あ》れ狂《くる》っていた内心は、他《ほか》ならぬシェインからの匂いをつけて欲しいというお願いで容易《たやす》く鎮《しず》まった。

全身で、自分のことが好きだと。愛していると。

何より求める相手からそう全身で求められることに、喜びを感じない者がいる筈が無い。

黒猫獣人の細い体を抱いている内に、フェリシアンへの怒《いか》りはひとまず腹の奥底にしまっておけるようになった。渦巻《うずま》いたのは、目の前の相手を愛し尽くしたいという衝動と、どうしようもない独占欲《どくせんよく》である。シェインに真っ直ぐに思われ、思い合っている。その思いを存分に堪能《たんのう》して、ここ最近すっかりとささくれ立っていたランフォードの心は驚《おどろ》くほどに癒《い》やされた。

シェインは甘えたつもりなのだろうが、この数日間で思う存分に甘やかされたのはランフォードの方である。

少なくとも、フェリシアンの首を飛ばそうと思うような凶悪《きょうあく》な衝動は鎮《しず》まった。自分の心の平穏《へいおん》に、思わず溜息《ためいき》を吐く。

騎士《きし》ランフォードも番の前では形無しだ。仕方がない。

王城の者たちには悪いが、まだしばらく伴侶と二人きりの時間に耽《ふけ》ろうと思いながら、ひとまず湯殿《ゆどの》へ行こうと裸《はだか》のままの相手を抱き上げる。

どうせ、この後も服を着ている暇《ひま》など無いのだ。

＊＊＊＊

王弟《おうてい》夫妻が部屋から揃《そろ》って姿を見せたのは、それから三日後のことである。

——弟たちが、この場にいなくて良かった。

カークランドが最初に思ったのは、そんなことである。

一週間ぶり。ようやく居城から姿を現したランフォードとシェインは、なんだかいっそう親密ぶりが増していた。

何が、と具体的な言葉にはならない。

強《し》いて言うなら、雰囲気《ふんいき》が。視線が。体の触れ合い方が。

そもそも、歩くことがままならない王弟妃《おうていひ》を、ランフォードが横抱きにしている。恥じらいながら、シェインも大人しくその腕に抱かれていた。ずっと二人きりで部屋に籠《こ》もっていた名残《なごり》か、菫色の瞳が心なしかとろんとしている。

ぶんぶんと上機嫌《じょうきげん》に尻尾を振りながら甘い顔でシェインを腕に抱く叔父《おじ》が、数日前に新緑色の瞳を冷たくしてフェリシアンに殺気を閃《ひらめ》かせていた人と同一人物だとは俄《にわか》に信じ難い。

何より、漂《ただよ》う匂いが濃厚《のうこう》だった。

さすが例を見ない「二度目の匂いづけ」明け、というところか。

国王の秘書たちは青ざめた顔で、そそくさと退出して行った。隣《となり》の宰相《さいしょう》も今にも逃《に》げ出したいような顔をしている。レンフォードも、さすがにかける言葉に迷っているようだった。

――本当に、弟たちがいなくて良かった。教育に悪すぎる。

そんなことをカークランドは心の底から思う。

三つ子の弟たちがいたならば、「あんなことやそんなことを妄想《もうそう》してしまいます！」と騒《さわ》ぎ立てたに違《ちが》いない。そして、叔父に憧憬《しょうけい》を、シェインに仄《ほの》かな好意を寄せているカーライルには――間違《まちが》いなく刺激が強すぎる。

「えーと。仲が良くて、何よりだな？」

若干《じゃっかん》、視線をさ迷わせながらレンフォードが同意を求めるように言う。横の宰相がそっと視線を逸《そ》らしたのに続いて、カークランドも視線を明後日《あさって》の方向に向けた。

――仲が良すぎるのも困りものだ。物凄《ものすご》く。

そんなカークランドたちの心情など知らないように執務《しつむ》室の長椅子《ながいす》にシェインを膝《ひざ》に乗せたまま腰掛《こしか》けた叔父は、早々に本題に切り込んだ。

「あの馬鹿《ばか》王子はどうなった？」

「一応、名前で呼んでやれ。まだ、かろうじてクアンツェの王子だぞ」

レンフォードの言葉の含みに気付いたように、ランフォードが軽く目を細める。シェインは、ただきょとんと瞬《まばた》きをしているだけだ。その稚《いとけな》い仕草と正反対に――白い肌《はだ》に映《は》える赤色の鬱《うっ》血痕《けっこん》が艶めかしくて居たたまれない。

せめて見えないところに付けてくれ、と思いながらカークランドは父親の言葉を引き継《つ》ぐ。

「フェリシアン様は、ウェロンの裁量で裁くことになるでしょう。今は根回しの最中です」

フェリシアンへの処罰《しょばつ》が、ウェロンの独断によるものだったと、言いがかりを付けられては堪らない。各国や国内への伝達など、使者たちが忙《いそが》しく大陸中を走り回っていた。そして自国の王子たちの「やらかし」の件で、クアンツェ国内はかなり荒れているらしい。

レンフォードが淡々《たんたん》と言った。

「実の息子《むすこ》に対して酷《こく》なことをさせるが、やったことはやったことで責任を取らせないといけない。これを機会に、ずるずると先延ばしになっていたクアンツェの後継者《こうけいしゃ》問題も解決させるつもりだ」

それでも思ったより話がすんなりとまとまったのは、クアンツェの国王がフェリシアンの所業を、こちらが思うより重く受け止めてくれたからだ。カークランドが留学中に見たクアンツェの国王夫妻は仲睦《なかむつ》まじかった。当然、番に対する思い入れも強い。それだけに、フェリシアンのことを聞いた時は、精神的な動揺《どうよう》も激しかったに違いない。使者の話によるとクアンツェの王妃は、あまりの事態に寝《ね》付いてしまったそうだ。

ランフォードが言う。

「弟王子の方は？」

「部屋で大人しくしているさ。事の大きさは理解しているし、頭も悪くないんだがなぁ。――何せ、本人にやる気が無いのが致命的《ちめいてき》だ。一緒《いっしょ》に留学に来た兄がしでかしたことだ。全く無関係、ということにして帰す訳にも行かないからな。そちらの方も、落とすところに落とすさ」

「――それで、こちらの裁量というのは？」

肝心《かんじん》なところはそこだと言わんばかりにランフォードが言った。それに答えたのはレンフォードだった。

「お前の気持ちは分からないでも無いが、仮にもクアンツェの王族を処刑《しょけい》する訳にはいかないだろう？　だからと言って無罪放免《ほうめん》にする訳にもいかないし――いやぁ、大変だったぞ。そもそも匂《にお》いづけされた番を襲《おそ》うなんて常識外れは前例が無い。秘書たちがどれだけ刑法典を遡《さかのぼ》って調べたことか」

王弟の番に手を出したのに、お咎《とが》めなしに帰したのでは、ウェロンの面目が立たない。ただ、クアンツェに引き渡《わた》し、クアンツェ国内でフェリシアンのやらかしを共有した上で断罪することも必要である。

どちらに非があったのか徹底的《てってい》に知らしめた上で、クアンツェ国内の治安を維持《いじ》し、大陸の他国をも納得《なっとく》させるような処罰をすることが必要だった。そのために、フェリシアンの身柄《みがら》はなるべく無事にクアンツェに送り返すことが望ましい。

レンフォードが言った。

「我が国での処罰は、先祖伝来の方法に則《のっと》ることにした」

「――先祖伝来の方法？」

ランフォードが怪訝《けげん》な顔をする。それにレンフォードが顎《あご》を擦《さす》って言う。

「想《おも》う相手に想い人がいるのに、身を引くことを知らない馬鹿に取る方法は――まぁ、最終的には力尽《ちからず》くだな」

身も蓋《ふた》もない。その言葉にランフォードが目を細めて、シェインが瞬きをする。そんな二人に向けてレンフォードが言う。

「お前とフェリシアン殿が決闘《けっとう》する。一対一で、正々堂々と。それが我が国での処罰さ」

横恋慕《よこれんぼ》は胸に秘《ひ》めて、相手の幸せを祈《いの》るもの。しかし、どうしても諦《あきら》められないという者には引導を渡すために、その番《つがい》との決闘をする場が設けられる。敗者は勝者に絶対服従。一族の者、総出で成り行きを見守り、どんな結果になっても受け入れる。

番を賭《か》けての命がけの決闘というものが、遥《はる》か昔にはそれなりに行われていたらしい。伝聞形式でどこかの歴史家が著述していたものなので、信憑性《しんぴょうせい》には欠けるが——どちらに非があるのかを大勢の前で明確にし、罰とするには最適だった。

番の絆《きずな》は何より大切にされるべきものだ。ウェロンとクアンツェで、その認識《にんしき》は共通している。それを破ってシェインに迫《せま》ったフェリシアンの行動は、両国の民《たみ》から侮蔑《ぶべつ》を以《もっ》て見られるだろう。その上に、ウェロンからお情けで、勝負が見えているとはいえ、堂々と相手を諦める場まで提供される。

——ウェロンはフェリシアンを見限って、憐《あわ》れんでいる。

普通《ふつう》の人ならば、これほど屈辱《くつじょく》的な評価は無い。今後のフェリシアンの人生を思うと、どう考えても暗いものしか浮《う》かばなかった。

そもそも、ランフォードとの一騎打《いっきう》ちなど罰以外の何物でも無い。実力差は明白で絶対に勝てない相手なのだ。その本気の殺気を正面からぶつけられるだけで、たぶん罰としては十分だ。決闘という場を公式に設けることで、シェインに危害を加えられて怒り心頭のランフォードの気を晴らすのにもちょうど良い。

提案された方法を顔色一つ変えずにあっさり受け入れたのはランフォードで、提案の意味を飲み込んで顔色を変えたのはシェインだった。

さぁっと顔を青ざめさせて、守るようにランフォードの体を抱《だ》き締《し》めて、精一杯《せいいっぱい》の反対を込めて首を振《ふ》っている。そんなシェインの行動に、ランフォードの新緑色の瞳《ひとみ》が、信じられないほど柔《やわ》らかくなった。そのままシェインを大切そうに抱き締め返す。

ランフォードのそんな行動を見ながら、カークランドは言葉にしないまま、シェインに対して語りかける。

――シェイン様、恐《おそ》らく叔父上の心配は無用です。

残念ながらカークランドの心の声は、シェインには届かない。王弟夫妻の様子に、呆《あき》れた声でレンフォードが言った。

「ランス、シェインに抱き締められて脂下《やにさ》がるのは止《や》めなさい。騎士ランフォードの名声が泣くぞ」

「そんなもの勝手に泣かせておけ」

自分のことを心配してくれる伴侶《はんりょ》が可愛《かわい》くて堪《たま》らないようで、レンフォードの言葉を平然と聞き流した叔父《おじ》は、そのままシェインの額に唇《くちびる》を落としている。

それに大仰《おおぎょう》な溜息《ためいき》を吐《つ》きながら、レンフォードがカークランドに深緑色の目を向けた。

「カーク。お前は、こんな大人にはなっちゃいけないぞ」

「なろうと思ってもなれません。それに、父上が言っても説得力がありません」

カークランドが力なく言い返す横で、宰相が同意するように頷《うなず》いた。

「ランスに比べると私は常識的だと思うんだがなぁ」

そんなカークランドと宰相の反応にぼやくように呟《つぶや》いたレンフォードは、不安の色を隠《かく》さないシェインに向けて言った。

「シェイン、安心しなさい。使うのは模擬刀《もぎ》で、決闘といっても所詮《しょせん》は模擬試合だ。実力差は歴然だし、少しぐらいランスがフェリシアン殿を叩《たた》きのめしたところで死にはしない。――それに耳やら尻尾《しっぽ》やら、腕《うで》やら足やらの欠けた王子を送り返したら、クアンツェの国王の親心や民の同情心を呼び起こしかねない。殺すのなんて以《もっ》ての外だ。あくまで、ほどほどにお灸《きゅう》を据《す》えて送り返す予定だ」

さらりと続けられた言葉は、ランフォードへの牽制《けんせい》だろう。レンフォードの言葉に、露骨《ろこつ》に舌打ちしそうな顔をした叔父は、隙《すき》あらば尻尾ぐらい落としてやろうと思っていたに違いない。

ようやく口を挟《はさ》む場所を見つけたというように、宰相が言った。

「決闘はクアンツェ国内の段取りを整えてからにしようと思います。なので、まだ日程は決まっていません」

ランフォードが宰相に言った。

「本人には伝えたのか？」

宰相がその問いに、なんとも言えない表情で歯切れ悪く返事をする。

「はぁ、まぁ」

「あちらは決闘を承諾《しょうだく》したのか？」

「ええ、まぁ」

当の本人は牢《ろう》の中にいるというのに、やる気に満ちていて、カークランドはその様子に頭痛を覚えた。

「私が勝てば、シェイン様を貰《もら》えるんですね？」

自分が負けることも、シェインの気持ちも一つとして考えていない。

番というものの重要性も何も理解していない。

お気に入りの玩具《おもちゃ》でも貰い受けるような言葉に、カークランドは虫酸《むしず》が走った。

そして、そんなフェリシアンの体の包帯はまだ取れていない。しょっちゅう痛みを訴《うった》えて、見張りの兵に痛み止めを要求している有様である。

——その肋骨《ろっこつ》を誰《だれ》に折られたのか、忘れたのか、お前は。

よっぽどそう言ってやろうとしたが、あまりにも自信に満ちあふれたフェリシアンの様子に、カークランドは脱力《だつりょく》してしまい結局言葉は出なかった。

ランフォードと自分は対等で、シェインもいずれは自分を愛する筈《はず》という、あのフェリシアンの絶対的な自信は——一体どこから来るのか。

カークランドは心の底から不思議で仕方が無い。

そもそも、迫った相手であるシェインにきっぱりと拒絶《きょぜつ》されていたのに、どうして未《いま》だにシェインがフェリシアンのものになるなんて思っているのか。

ランフォードとフェリシアンの決闘について、ジェルマンにも一応伝えたが、悄然《しょうぜん》としたジェルマンの耳にカークランドの言葉が届いているのかどうかは怪《あや》しかった。

一応、留学中は机を並べて勉学を共にした二人である。

それがこんなことになってしまって心底残念だと、カークランドは憂鬱《ゆううつ》の息を吐いた。

＊＊＊＊＊

「全くもう。決闘だなんて馬鹿馬鹿《ばか》しい！　――ごめんなさいね、シェイン様。わたしからレニーにもう一度言ってみるわ」

ノエラが溜息と共に言うのに、シェインはこくりと頷いて、お願いするために頭を下げた。

そんなシェインの行動に、膝《ひざ》の上に座っていたナターシャが不思議そうな顔をする。銀色の髪《かみ》に、王妃《おうひ》譲《ゆず》りの茶色の瞳。すっかり元気になった末の王女は、久しぶりに会ったシェインの膝の上で、先ほどからご機嫌《きげん》そうにしている。

風邪《かぜ》が治った子どもたちは、スーザンとミュリエルを先頭に部屋から飛び出して行った。その後ろを覚束《おぼつか》ない足取りでエリンが追いかけ、遅《おく》れ気味に侍女《じじょ》が続いて行く。あまりの元気の良さにシェインは圧倒《あっとう》された。

残っていたマリアとサラは、シェインを見た途端《とたん》に「「みゃっ!!」」と飛び上がって叫《さけ》んで身を寄せ合って震《ふる》え出してしまった。匂《にお》いづけをようやく理解し始めた双子《ふたご》の姉妹《しまい》に、シェインのまとうランフォードの匂いは強すぎたらしい。

「――ランスったら、仕方がないわねぇ」

そう呟きながら、マリアとサラの二人を乳母《うば》に託《たく》した王妃に連れられて、お茶の用意がされた一室に招かれた。

クアンツェの兄王子の行動に、王妃は大層立腹していた。そして、それを「決闘《けっとう》」という形で終わらせることにも反対していた。

「番が自分のためにわざわざ危険な目に遭《あ》うところなんて見て、誰が喜ぶのかしら。最後は力《ちから》業《わざ》で片づけようとするのはランスの悪い癖《くせ》よ。今回はレニーも一枚噛《か》んでいるみたいだし——全く、もう。ランスはあれでも国一番の騎士なのよ？　影響《えいきょう》されて決闘なんて馬鹿げたことを真似《まね》する人が湧《わ》いたらどうするの。最終的に力尽くなら番を奪《うば》って良いという話になりかねないわ。そんなことになったら、それこそ目も当てられないわ！」

そこまで考えが及《およ》ばなかったが、確かにその通りである。

憤然《ふんぜん》とするノエラに対して、シェインは悄然とする。

シェインが決闘に反対しているのは、純粋《じゅんすい》に自分のことでランフォードが危険な目に遭うのが嫌《いや》だからだ。ランフォードが国一番の騎士であることは十分に知っている。フェリシアンでは相手にもならないらしい、ということも。それもあって国王をはじめ——ランフォード本人までもが「大丈夫《だいじょうぶ》だ」と言うが、万が一のことが無いとは誰にも言い切れない。

その行動が他《ほか》の誰かにとって悪影響だ、ということまでは、全く考えが及んでいなかった。

耳と尻尾が自然に垂れる。膝の上のナターシャが、そんなシェインの様子に不思議そうな顔をして、小さな掌《てのひら》でぺちぺちとシェインの顔を叩きながら「う？」と不思議そうな顔をしている。

「シェイン様？」

あまりにもシェインが落ち込んでいるからか、心配したようにノエラが声をかけてくる。シェインは困って尻尾を振った。ナターシャを抱《かか》えたままでは、いつもの黒板は使えない。

そんなシェインにノエラは少し躊躇《ちゅうちょ》してから掌を差し出した。

きょとんと瞬《まばた》きをすれば、ノエラが少し困ったように「よろしければ」と言う。この国に来てから、掌に文字を書いて思いを伝えるのはシェインの習慣だった。しかし、それはランフォードのみに行っていて、他の誰かに行ったことは無い。

膝の上では、ナターシャがきょとんとした顔で座っている。それを見て微笑《ほほえ》んで、差し出された王妃の掌に、シェインはそっと指を置いた。

ごめんなさい。

書いた謝罪の言葉に、ノエラが不思議そうに首を傾《かし》げた。

「何を謝っていらっしゃるの？」

ぼくが、よわいから。

ランフォードの隣《となり》に立てるように強くいようと決めたのに、その結果が空回りしてこんな事態を招いてしまった。

フェリシアンと最初に顔を合わせた時に、シェインがもっと毅然《きぜん》とした態度を取っていれば、ここまでの大騒《おおさわ》ぎにはならなかったかも知れないのに。

――そう思うと自分が情けなくて堪《たま》らない。

「あぅー?」

耳と尻尾を垂らして落ち込むシェインを、膝の上のナターシャが心配そうな顔で見て、ぺちぺちと幼い掌を押しつけてくる。その顔がふくふくとしていて可愛い。幼児特有の仄《ほの》かに甘い幸せな匂いに、少しだけ気持ちが和《やわ》らぐ。

シェインの言葉に首を傾げていた王妃が、不思議そうに言った。

「シェイン様は、十分強いと思うわ」

ノエラの言葉にシェインは瞬きをした。きょとんとして見上げれば、ノエラが付け足す。

「ああ、もちろん、腕力《わんりょく》とか剣《けん》の腕の話じゃないわよ? シェイン様が言う『強い』『弱い』も、そういう意味ではないでしょう?」

シェインが頷《うなず》くと、ノエラが優《やさ》しい声で続けた。

「誰か一人を愛する、というのは尊いことだけれど、とても大変よ。シェイン様はランスを好きでいるために、強くあろうとしているでしょう? それは十分、強いということよ」

思いも寄らない言葉に目を見開く。

困ったように首を傾げるシェインに、王妃は言った。

「誰かを選ぶということは、その他を選ばないということだもの。だから時には誰かを傷つける覚悟《かくご》で、他人の好意を拒否しなければならない時もあるわ。自分が大切な人を傷つけないために。――中にはそれを嫌がって曖昧《あいまい》な態度に逃げる人もいるけれど、シェイン様はそんなことしていないでしょう？　ちゃんと選べているでしょう？」

そう言えばフェリシアンを拒《こば》む時に、何の躊躇もなかったと思い出す。

人を拒絶するのは、怖《こわ》いことだ。

幼い日に、シェインは大事な人に拒絶されて――拒絶を返して、捨てられた。

フェリシアンから逃《に》げようとする時に躊躇は全くなかった。それぐらい、シェインの心は他の誰も入り込む余地が無いぐらいにランフォードで占《し》められている。

ノエラが優しい声で続けた。

「シェイン様の持つ『強さ』と、わたしの『強さ』は違《ちが》うわ。シェイン様の『強さ』は、シェイン様が育てて行けば良いの。一番大切な人に寄り添《そ》うように。だから、大丈夫よ」

そう言って微笑む茶色の瞳《ひとみ》は穏《おだ》やかだった。思わず見惚《みほ》れるような、優しい瞳。それに腕《うで》の中のナターシャが、ノエラの方を見て、「あーう」と声を上げた。そんなナターシャに笑いかけて、王妃が立ち上がる。

「それから――シェイン様へのお礼が遅《おそ》くなったわ」

そのままシェインに近付いた王妃が、シェインの体を正面から抱《だ》き締《し》める。優しく、そっと抱き締められる感触《かんしょく》に驚《おどろ》いていると、王妃が言った。

「わたしのレニーのために、怒《おこ》ってくれてありがとう」

思いも寄らないお礼の言葉に瞬きをする。

それは——晩餐《ばんさん》の席のことだろうか。

シェインにしてみれば反省だらけのことだったのだが、王妃からの好意的な言葉にきょとんとする。そんなシェインを見下ろして、王妃は笑う。

「レニーも喜んでたわ。あの人、シェイン様には無茶《むちゃ》ばかり言っているから、嫌《きら》われてはいないだろうけれど、好かれているとも思っていなかったみたい。変なところで自信が無いのよねぇ」

その言葉に、シェインは驚いて首を振《ふ》る。

ランフォードと一緒《いっしょ》にいることを許してくれたのはレンフォードだ。そのお陰《かげ》で、シェインは今ここにいる。それに何より、ランフォードの大事な兄だ。そんな人のことを嫌うなんて有り得ない。

それに、シェインのことを先に守ってくれたのは王妃の方だ。だから、シェインもノエラの大事な人のことを守りたいと思う。

一生懸命《いっしょうけんめい》なシェインの否定に、ノエラが声を弾《はず》ませて言う。

「義弟《おとうと》のお嫁《よめ》さんが可愛《かわい》くて本当に幸せよ」

そう言ってもう一度、正面から抱き締められる。

上機嫌に笑うノエラの腕の中は、温かくてなんだか安心した。かつて公爵邸《こうしゃくてい》で働いていた時、メイド頭《がしら》に抱き締められたことを思い出す。——遠いところにいる、シェインの家族。そして、ここにいる人もまた、シェインの家族だ。

それが、とても嬉《うれ》しい。

そうして抱き締められていると、ぱたぱたと足音がして元気よく部屋を飛び出していったスーザンとミュリエルが部屋の中に駆《か》け込んできた。

目を見開いて、双子《ふたご》の姉弟《きょうだい》が大声で言う。

「かーさま！　おじさまがおこるよ！」

「かーさま！　おじさまがないちゃう！」

とてとてと遅《おく》れて部屋に入って来たエリンが部屋の中の光景を見て、勢いよく手を挙げた。

「かーさま！　エリィも！　エリィも、シェインさま、ぎゅってする！」

その言葉にノエラが笑って、子どもたちを手招きする。

「あら、じゃあ、皆《みんな》でシェイン様をぎゅーって、しましょうか？　だから、ランス叔父《おじ》様には内緒《ないしょ》よ？」

悪戯《いたずら》っぽく王妃《おうひ》が言えば、きゃーっ、と歓声《かんせい》を上げながら子どもたちがシェインの足にしがみつく。子どもたちと王妃に抱き締められて、なんだか温かく満たされるようで、シェインは思わず微笑んだ。

先ほどの憂鬱《ゆううつ》な気持ちが和らいでいく。

そんな風にぎゅうぎゅうと抱き締められている中で、不意に言ったのはエリンだった。

「かーさま！　けっとー、って、なにするのー？」

「決闘《けっとう》？」

王妃が怪訝《けげん》に聞き返す。それに双子の姉弟が質問を続けた。

「きょう、けっとうだって！」

「いまから、けっとうー！」

「今日？　今から？」

王妃の声がどんどん不穏《ふおん》になっていく。そして、シェインは目を見開いた。

──決闘の日時は、改めて決められる筈《はず》では無かったのだろうか？

思わず見上げれば、驚いたように目を見開く王妃と目が合った。どういうことだろう。二人で困惑《こんわく》しながら顔を見合わせていると、慌《あわ》てた様子の侍女《じじょ》が部屋の中に駆けて来た。

「王妃様！　大変です、ランフォード殿下《でんか》とフェリシアン様の決闘が今──‼」

その言葉にシェインは目を見開いて固まる。膝《ひざ》の上のナターシャが不安そうな声で「あーう？」とシェインのことを見上げている。

他《ほか》の子どもたちも顔を見合わせる中、ノエラが低い声で言った。

「──レニーとランスにお説教が必要ね？」

＊＊＊＊

謁見《えっけん》の間には、かつて無いほど緊迫《きんぱく》した空気が流れていた。

持たされた模擬《もぎ》刀を意気揚々《いきようよう》と振り回すのはフェリシアンだ。それに対して、叔父であるランフォードは落ち着いた素振《そぶ》りで、新緑色の瞳をフェリシアンに向けるだけだ。ダルニエ医師の作業場で見た叔父の殺気を思い出して、カークランドは思わず二の腕を擦《さす》る。

斬《き》れないように刃《は》を潰《つぶ》した刀は、立派な鈍器《どんき》だ。打ち所が悪ければ死に至ることもある。

──やはり、決闘を罰《ばっ》として選んだのは不味《まず》かったのでは？

そんな思いで玉座を見上げるが、父親であるレンフォードは悠々《ゆうゆう》とした笑《え》みを浮かべるだけである。覆《くつがえ》しようが無い。そんなことを思いながら、カークランドは謁見の間に集《つど》った人々を見回す。

双子の兄の挙動を、顔色悪く見守るジェルマン。同じく顔色を悪くしているのは、クアンツェから国王の最新の親書を携《たずさ》えてやって来た使者の一団だ。それから事の成り行きを心配そうに見守るウェロンの国王の秘書官たち。宰相《さいしょう》。その他、国の主立った役職を担《にな》う面々。騎士《きし》団の者たち。開け放たれた扉《とびら》からは、息を潜《ひそ》めて謁見の間の様子を窺《うかが》う使用人たちの姿が見える。

──母上とシェイン様が同席しないのは不味いのでは？

二人とも決闘自体に反対をしていた。そして、二人とも本来なら決闘に立ち会う筈だった人たちである。

　そもそも、決闘が急遽《きゅうきょ》行われる運びになったのは、久しぶりに牢《ろう》から出されたフェリシアンが意気揚々と国王であるレンフォードに要求をしたからである。

「早く決闘をしましょう。シェイン様を連れて帰ったら色々とやらなければいけないことがあります」

　どんな妄想《もうそう》が頭の中に広がっているのか知らないが、フェリシアンとしてはシェインが自分のものになるのは決定事項《じこう》であるらしかった。クアンツェの使者たちが、どこまでも空気を読まないフェリシアンの発言に、顔を青くした。

　それに哀《あわ》れんだ微笑《びしょう》を口元に浮かべて、レンフォードが言った。

「それなら、今から決闘をしようか？　――ランス、問題無いか？」

　叔父は顔色一つ変えないまま、あっさりと申し出を受けた。

「構わない」

　そんなやり取りを経《へ》て、決闘は急遽行われる運びとなった。立会人として必要な人員をかき集めるだけかき集め、もう両者が戦うばかりである。

　本来ならばフェリシアンの折れた肋骨《ろっこつ》が治ってからを予定していたのだが、本人が「これぐらいの怪我《けが》なら問題ありません」と言い張ったのだから仕方がない。

　あまりにも無謀《むぼう》が過ぎるために実は遠回しな自殺だったりするのか、とカークランドは少しだけ疑ったのだが、フェリシアンはどこまでも意気揚々としていて自信満々である。何より、感情を読み取ることに長《た》けている叔父が本気で激怒《げきど》して、冷ややかな目を向けているということは、そんな複雑な思惑《おもわく》も企《たくら》みも無いのだろう。

本気でシェインを「貰《もら》える」と思っている。

つまり、ただの馬鹿《ばか》である。

呆《あき》れが行き過ぎて脱力《だつりょく》してしまいそうになった。もう、早くクアンツェに送り返して終わりにしたい。

そんなカークランドの思考を遮《さえぎ》るように、玉座のレンフォードが言った。

「二人とも決闘の条件は分かっているな?」

ランフォードが無言で頷《うなず》き、フェリシアンが勢いよく返事をする。謁見の間に満ちているのは、無謀なクアンツェの王子に対する憐憫《れんびん》のような複雑な感情だった。

「それでは──始めようか?」

そんな言葉と共に、玉座の前の開けた場所で、二人が相対する。

勇ましく模擬刀を構えるフェリシアンに対して、ランフォードは右手に刀を持ったまま肩《かた》から力を抜《ぬ》いていた。新緑色の瞳《ひとみ》だけが、凍《こお》り付くように冷たい。そんなランフォードの方へ、勢いよくフェリシアンが足を踏《ふ》み出したのと同時に──。

ばきんッ、と金属の砕《くだ》ける音がした。

「——へ？」

フェリシアンの間抜けな声が響《ひび》き、謁見の間にどよめきが広がる。

構えていたフェリシアンの刀は、柄《つか》から上の部分——刀身が根こそぎ折れていた。

勢いよく飛んで行った刀身が、くるくると空中で舞《ま》って、がつん、と鈍《にぶ》い音と共に床《ゆか》に落ちて転がる。

何が起こったのか完全に理解出来たのは、騎士団の少数の者だけだったようだ。賞賛と感嘆《かんたん》の吐息《といき》が、そちらから聞こえる。それに何の感慨《かんがい》を見せることもなく、ランフォードは流れるように、刀身の無くなった己《おのれ》の刀を唖然《あぜん》と見つめるフェリシアンの体を蹴倒《けたお》した。

未《いま》だに何が起こったのか理解出来ないらしい。フェリシアンは大きく目を見開いたまま、受け身も取れずに床の上にひっくり返る。そんなフェリシアンの顔の横に、ランフォードが刀を振《ふ》り下ろす。

どすッ、と鈍い音。

刃《は》を潰した模擬刀。それが、石で出来た床——フェリシアンの顔の横ぎりぎりに突《つ》き立っていた。

カークランドは叔父のあまりの強さに絶句した。

騎士ランフォードの実力は知っている。理解している。けれど、目の前で見せつけられた圧《あつ》倒的《とうてき》な力の差に、言葉を失うしか無い。

殆《ほとん》どの者が同じように黙《だま》り込む。

大勢の人が集っているとは思えないような、そんな沈黙《ちんもく》が謁見の間を包む。

革製《かわ》の防具の下から叔父の冷え冷えとした声が聞こえた。

「二度とウェロンに足を踏み入れるな。そして、二度とシェインと私の前に姿を見せるな」

勝者が敗者に向ける命令。

端的《たんてき》であるが故《ゆえ》に、絶対的な揺《ゆ》るぎなさを持って放たれた言葉に、背筋が凍る。

間近でそれをぶつけられたフェリシアンの顔に浮《う》かんだのは、恐慌《きょうこう》と混乱だった。

本物の殺気。それに生まれて初めて触《ふ》れたであろうフェリシアンは、明らかに恐怖《きょうふ》に駆《か》られた絶叫《ぜっきょう》を上げる。

「っ、う、わあああぁッ!?」

そのまま手に残っていた柄の部分を、ランフォードに向かって投げつける。動揺《どうよう》することもなく、それを避《よ》けた叔父《おじ》は、フェリシアンに対しての興味を無くしたように背を向けた。床に落ちた柄が、勢いよく回転する鈍い音だけがしばらく響いた。

「――勝負は付いたな？　クアンツェの諸君、勝敗は歴然だ。不満は無いな？」

凍り付く空気を溶《と》かしたのは、レンフォードの朗《ほが》らかな声だった。

クアンツェの使者たちが、顔色の悪いままに頷く。

圧倒的な勝敗を受け入れられないのは、やはりたった一人だけだった。

「嘘《うそ》だ」

天井《てんじょう》を見上げたまま、フェリシアンが呟《つぶや》く。

その言葉に穏《おだ》やかながら容赦《ようしゃ》ない言葉をレンフォードがぶつける。

「君のそういう前向きなところは悪くないと思うが——現実逃避《とうひ》するようになったら人間おしまいだぞ。それと、そんな君にもう一つ嘘みたいなお知らせをしてあげよう」

あくまで笑顔を崩《くず》さないまま、レンフォードが片手に示したのは、クアンツェの国王からの正式な手紙だった。

「フェリシアン殿《どの》、ジェルマン殿。君たち二人の留学は今日でおしまいだ。速《すみ》やかに荷物をまとめて国へ帰ると良い。——ついでに、君たちはどちらも王位継承《けいしょう》者から外れた」

「は？」

「え？」

さすが双子《ふたご》と言うべきか。フェリシアンとジェルマンの声が重なって、二人の黒い瞳がレンフォードを見る。

「クアンツェの次期国王が決まったと正式な通知があった。国王の弟の息子《むすこ》、テレッツォ殿を正式に養子にして、彼を次期国王に指名したらしい。既《すで》に、各国に通達が行っている。撤回《てっかい》は不可能だろうな。現国王は諸々《もろもろ》の引き継《つ》ぎが終わり次第《しだい》、退位するそうだ。その旨《むね》も一緒《いっしょ》に通知されている」

「そんな馬鹿な！」

顔を紅潮させて床からフェリシアンが起き上がる。

「私がいるのに、どうしてそんな愚《おろ》かなことを——」

「君がいるのに養子を取ったというのは、君じゃあ国王に相応《ふさわ》しくないと判断されたからだろう？ そんなことも分からないのか？」

笑顔で毒を吐《は》いていたレンフォードが、一瞬《いっしゅん》で真顔を作る。心底、軽蔑《けいべつ》したように深緑色の瞳をフェリシアンに向けて言った。

「私の義弟《おとうと》に乱暴した挙げ句に、弟の伴侶《はんりょ》を娶《めと》るなんて世迷《よま》い言を吐く痴《し》れ者が国王になれるだなんて思うなよ」

そこでようやく、フェリシアンが革製の防具を取った。

軽蔑や呆れ。自分に向けられる感情に気付いたのか、目を見開いたフェリシアンはくしゃりと顔を歪《ゆが》めて、地団駄《じだんだ》を踏む。まるで聞き分けの無い子どものような様子だった。

「どうして」

声を振り絞《しぼ》って、フェリシアンが言う。

「どうして、いつも、私ばかり——こんな目に遭《あ》うんだ！ こんな風に見られないといけないんだ!!」

——それだけのことをしておいて、どうして自分のことを省《かえり》みないんだ。

あんまりにも被害者《ひがいしゃ》ぶった物言いに、カークランドは心の底から呆れた。少しでも自分のことを省みる姿勢があれば。他の者のことを理解しようという心があれば。容易《たやす》く回避《かいひ》出来た事《こと》柄《がら》ばかりだ。

フェリシアンには、それが致命的《ちめいてき》に欠けている。

「誰《だれ》も私のことを理解してくれない──狡《ずる》い！　騎士《きし》ランフォード、貴方《あなた》ばかり狡い！　私には誰もいないのに、貴方は十分持っているのに！　一つぐらい譲《ゆず》ってくれても、良いじゃないですか!!」

──まだ言うのか、コイツは。

結局どこまでも自分のことしか考えていない。突き抜けるほど自己中心的な態度に呆れていると──怒号が響いた。

「何が狡いだ！」

声の先を探して、いくつもの視線がさ迷う。その怒鳴《どな》り声は更《さら》に続いて、謁見《えっけん》の間に響きわたった。

「お前が嫌《いや》な奴《やつ》だからだろうッ!!」

その言葉と共に、一つの影《かげ》が飛び出していく。今まで大人しく事の成り行きを見届けていたジェルマンだった。

勢いよく飛び出していったジェルマンが、フェリシアンの胸《むな》ぐらを掴《つか》む。そのまま倒《たお》れたフェリシアンに馬乗りになったジェルマンの顔は、怒《いか》りのためか真っ赤になっている。そんな双子の弟を、兄はぽかんと口を開けて見返していた。

長年の怒りが爆発《ばくはつ》したのか、ジェルマンの言葉は止まらない。

「お前がランフォード殿下《でんか》と同じ訳があるかッ！　真面目《まじめ》に剣の授業を受けたことも無いくせに！　恥《は》ずかしい!!　いつだって、お前はどうして、そんなに恥《はじ》を知らないんだ！　恥ずかしい！」

喚《わめ》きながら、ジェルマンが胸ぐらを摑んだままフェリシアンを揺さぶる。

「お前が何も持っていない!?　ふざけるなよッ、父上も母上も、他の使用人たちも皆《みな》——皆、お前を大切にしていただろう！　それなのに、勝手に自分で線を引いて遠ざけて馬鹿《ばか》にしたのは、お前自身だろう、フェリシアン！　私は、お前が、そんな性格で——本当に本当に嫌だった！　お前がどうしてと言うのなら、私だって言ってやる！　どうして、私の兄がお前なんだ！　お前さえ、お前が、そんな性格じゃなかったら——父上も母上も私も、こんな苦労はしなかったんだ!!　父上が王位を退くのも、お前のせいだぞ!!　お前自身が、お前の持っているものを台無しにしたんだ！　騎士ランフォードもシェイン様も、この国の人たちも何も関係無い！　お前の責任だ!!」

怒鳴り声が響《ひび》く中、玉座のレンフォードが深緑色の瞳《ひとみ》を細めて言った。

「——その言葉を、もう少し早く兄にかけるべきではなかったのかな？」

途端《とたん》にジェルマンが口を噤《つぐ》んで、俯《うつむ》いた。

「君たち兄弟の責任、とばかりは言わないけれどね。だが、それは他国で通じるようなものじゃない。後は君たち家族の間でなんとかしてくれ」

ひらひらと手を振ったレンフォードに、ジェルマンは何も言い返さなかった。弟の本気の怒りを初めて目《ま》の当たりにしたせいか、フェリシアンは、ただただ驚《おどろ》いた顔で床《ゆか》の上に転がっている。

――ようやく終わりか。

厄介《やっかい》な客人の滞在《たいざい》の終わりに、心の底からほっとしたところで、カークランドはランフォードがハッとしたように謁見の間の入り口へ目をやったのに気付いた。

そこに集《つど》っていた使用人たちが、ざわめきと共に道を空ける。

ランフォードがむしり取るように革製の防具を外して素顔《すがお》を晒《さら》す。叔父にそんなことをさせるのは、カークランドが知る限り、たった一人だ。

「――ランス!!」

謁見の間に飛び込んできたのは、叔父の最愛の黒猫獣人《くろねこじゅうじん》だった。

カークランドは目を見開く。

今の、声は――。

誰のものか、と問いただすよりも先に、ランフォードが駆け出した。

「シェイン――」

「ランス――ランス！」

「シェイン」

頬《ほお》を紅潮させたシェインが、緩《ゆる》く握《にぎ》った拳《こぶし》で叔父の胸をパタパタと叩く。その口は間違《まちが》いなく、叔父の愛称《あいしょう》を呼んでいた。

ヴェルニルから嫁《とつ》いでくる道中で、病にかかったシェインは声を失った筈《はず》だ。しかし、シェインが声を出して呼びかけていることに叔父は驚く様子も無い。

いつの間にか完治していたのだろうか？

そんな疑問が浮《う》かんですぐに、もどかしげにシェインの唇《くちびる》が動いて、ただ息を吐き出したのが見えた。じわり、と菫色《すみれいろ》の瞳が潤《うる》む。そのままランフォードが差し出した掌《てのひら》に、言葉を書き連ねる様子を見ると、どうやら完全に病が完治したのでは無いらしいことが分かる。

最初は怒《おこ》っている風だったシェインは、ランフォードの掌に文字を綴《つづ》っている内に、感情が高ぶり過ぎたのかぽろぽろと涙《なみだ》をこぼし始めた。

その様子に叔父が狼狽《うろた》え切った声を出す。

「シェイン、すまない。勝手に決闘《けっとう》なんかして——ただ、シェインには見せたくなかったんだ。すまない、心配をかけた。許してくれ」

そのまま膝《ひざ》を突《つ》いて許しを乞《こ》う姿は、先ほどフェリシアンと相対していた叔父と同一人物とは思えない。

そんな叔父の腕《うで》の中でシェインが激しく頭《かぶり》を振《ふ》って泣きじゃくる。

シェインの啜《すす》り泣きを聞きながら、カークランドの頭に過《よぎ》ったのは、決闘が始まる前の懸念《けねん》だった。

この場に呼ぶべき人物が、本来ならばもう一人いる。そして、シェインは、今日その相手と一緒にいた筈である。

カークランドの嫌な予感は、すぐに当たった。

「レニー？」

歌うように優《やさ》しい声が、国王の愛称を呼ぶ。こんな風に気軽に国王を呼べるのは、この城でたった一人だ。

「ノエラ……これは」

国王が玉座の上で手を上げて、その人の名前を呼ぶ。

カークランドは恐怖《きょうふ》のあまり、そちらの方を振り向けない。

「レンフォード？」

「ノエラ、待ってくれ、事情が！」

「レンフォード・フェイ・ルアーノ!!」

轟《とどろ》いた怒声にカークランドの尻尾《しっぽ》が、過去の経験からの反射で丸まった。恐《おそ》る恐る向けた視線の先。開け放たれた扉《とびら》のところに――怒り心頭の王妃《おうひ》が仁王立《におうだ》ちしていた。

悠々《ゆうゆう》と玉座に座っていた国王が、さぁっと顔を青ざめさせながら立ち上がる。

つかつかと謁見の間に足を踏《ふ》み入れた王妃は、泣きじゃくるシェインと、その前で途方《とほう》に暮れた顔をするランフォードに目を向けてから、淡々《たんたん》と言葉を紡《つむ》いだ。

「どういうことかしら、国王陛下？　ランフォードとクアンツェの王子の決闘は、わたくしとシェイン様も立ち会いの下《もと》で行われる予定だった筈なのだけれど？　その前に、わたくしもシェイン様も決闘なんてもの、散々反対していましたわよね？　わたくしの声は国王陛下の耳に届かなかったのかしら？　それとも届いても一考するにも値《あたい》しない程度の言葉だと思われたのかしら？」

訊《たず》ねるノエラはにこやかな笑顔《えがお》だ。しかし、茶色の目が笑っていない。視線が凶器《きょうき》になって、父であるレンフォードにぐさぐさと突き刺《さ》さっていくのを、カークランドは恐怖と共に見ていた。

「ノエラ、ノエラ、聞いてくれ――これはだな」

片手を上げて伴侶《はんりょ》の言葉を止めようとするレンフォードに、ノエラの怒りが直撃《ちょくげき》した。

「言い訳するんじゃありません!!」

蒼白《そうはく》の国王が玉座の前に正座した。銀色の耳と尻尾が悄然《しょうぜん》と垂れている。そんな国王に対して、王妃は無慈悲《むじひ》に言い放つ。

「国王陛下？　わたくし、しばらく、お義父《とう》様のところへ行かせていただきますわ。――子どもたちとシェイン様も一緒《いっしょ》に」

先王である祖父の住まう霊廟《れいびょう》は、王都から離《はな》れた位置にあり、日々仕事に追われる国王と王《おう》弟《てい》が気軽に顔を出せる距離《きょり》では無い。

レンフォードが悲鳴を上げた。

「ノエラ！」

「義姉上《あねうえ》！」

突然《とつぜん》、自分の伴侶の名前を出されたランフォードも叫《さけ》んだ。そして、そんなランフォードの腕からするりと抜《ぬ》け出して、シェインが王妃の隣《となり》に立つ。

「シェイン⁉」

ランフォードの顔が蒼白になっていた。目元をごしごしと擦《こす》るシェインは、唇を引き結ぶようにして王妃に寄り添《そ》って立っている。

嗅覚《きゅうかく》に優《すぐ》れていなくても、今回の決闘を王弟妃が快く思っていないことは明白だった。そして、王妃の言葉に同意していることが、言葉は無くとも雄弁《ゆうべん》に伝わってくる。嗅覚に優れ、人の感情を読み取ることに長《た》けている叔父ならば——王弟妃がどんな気持ちなのか、痛いぐらいに分かるだろう。

傍《かたわ》らに立つシェインの肩《かた》を慰《なぐさ》めるように抱《だ》いて、ノエラが怒鳴《どな》った。

「兄弟二人揃《そろ》って反省なさい‼」

その言葉に、ランフォードが顔色の悪いまま立ち上がり、レンフォードの横に正座する。

——この国で一番強いのは、母上とシェイン様なのでは。

国王と王弟が玉座の前に正座して、シェインの肩を抱く王妃からの怒濤《どとう》の説教を受けている様子にカークランドはそんなことを思う。

そして、レンフォードにとってはここまでが計画の内だったのだろうと、やっと気付いた。

フェリシアンの本当の罰《ばつ》は、決闘ではない。決闘から今に至るまで、散々見せつけた醜態《しゅうたい》によって、本人が自ら損ねた信用と信頼《しんらい》だ。

王族として、騎士《きし》として、人として。

フェリシアンから、徹底的《てってい》にそれらを取り上げて、国へ送り返すこと。

それが今回の罰《そこ》だ。

フェリシアン本人が、そのことを思い知るのは、国へ帰ってからのことになるだろう。フェリシアンの他者より少しだけ優れた嗅覚は「なぜか」は分からなくても、自分に向けられる負の感情——軽蔑《けいべつ》や嫌悪《けんお》だけは読み取り続ける。名乗るだけで相手に蔑《さげす》まれ敬遠される人生。

あの嗅覚と、性格で、そんな人生を送るのは——辛《つら》すぎるだろう。

その上で、あくまで今回の決闘は「特例」だと示すために、ノエラに自分とランフォードを説教させているのだ。

——番《つがい》を力尽《ちからず》くの勝負で得ようとするような愚《おろ》かな真似《まね》をする者が出ないように。

守ろうとした番が、いかに傷つくか。

力尽くで他人をどうにかしようと企《たくら》むことがいかに愚かなことか。

それがどれだけ自分自身が一番大切にしたい者の怒《いか》りを買い、信用を損ねるのか。

それを身を以《もっ》て示すことで、歯止めをかけようとしている。

ノエラもそれを分かっているのだろう。そして分かった上で、本気で怒っている。

お似合いの夫婦《ふうふ》だ。自分の両親ながら敵《かな》う気がしない。

──本当に国王になれるのか、私は。

到底《とうてい》、咄嗟《とっさ》には思いつかない策だ。そして、ぴったりと息の合った連携《れんけい》だ。

思わず遠い目をすれば、肩を叩《たた》かれた。

そちらに視線を向ければ、そこには笑顔の宰相《さいしょう》が立っている。

「頑張《がんば》りましょうね、殿下《でんか》。私を含《ふく》め、秘書一同は殿下を心から応援《おうえん》しています」

──これは果たして、頑張ってなんとかなるものだろうか。

素朴《そぼく》な疑問を抱《いだ》きながら、王妃の剣幕《けんまく》に圧倒《あっとう》されているクアンツェの使者たちと、双子《ふたご》の王子たちを謁見《えっけん》の間から連れ出すことにして、カークランドは宰相と軽く言葉を交《か》わしてから、王妃のお説教の火の粉を浴びないようにそろそろと動き出した。

王妃によるお説教は夜半にまで及《およ》び、そのあまりの剣幕に王城中が震《ふる》え上がったのは言うまでもない。

終章

　クアンツェの犬獣人《いぬじゅうじん》の王子たち二人は、留学中に「王子」という肩書きを失って、帰国の途《と》に就《つ》いた。

　この後は、王家に縁《ゆかり》のある別々の神殿にそれぞれ送られて、そこで一生を過ごすことになるらしい。弟王子の方はともかく、兄王子の方には厳重な見張りが付けられるそうだ。そして、どちらの兄弟も二度とウェロンへ足を踏み入れることは禁じられた。

　王子たちの処罰とは別に、クアンツェから国としての謝罪や賠償《ばいしょう》についての話が持ちかけられていたが、それについてはウェロンの方から話し合いの時期を改めるように提案がなされていた。

　――王族の醜聞《しゅうぶん》と、それに伴《ともな》う後継者《こうけいしゃ》の交代劇は、国を揺《ゆ》るがす事態だ。ウェロンとしては、罪を犯《おか》した本人への制裁は済んでいる。だから、急ぎの謝罪や賠償は必要ない。それよりも、一刻も早く、国内の混乱を収束させるべきだ。

　そんなウェロンの国王からの大陸全体の先を見越《みこ》した返答に、クアンツェの国王を含む側近たちは、未熟な王子たちを送り出した自分たちの甘さに、深く恥《は》じ入って言葉も無かったらしい。ウェロンの国王からの言葉を受けて、粛々《しゅくしゅく》と国内の後始末を行い始めたという話は広まっている。

　もちろん、大陸の未来を案じてのことであったが――ウェロンも、ただ度量の広さを見せつけるために、謝罪と賠償を先延ばしにした訳ではない。

クアンツェの謝罪や賠償よりも、深刻な問題がウェロンの王城を直撃していて、外交問題に時間を割《さ》いている余裕《よゆう》が無かった、というのが本当のところである。

その問題とは——。

「もう五日もノエラと私の天使たちの顔を見ていないぞ⁉　ノエラが足りなくて頭がどうにかなりそうなんだが⁉　なんとかならないのか、カーク⁉　宰相⁉」

「——」

哀愁《あいしゅう》たっぷりに叫ぶレンフォードと、その横で悲愴《ひそう》感たっぷりに沈黙《ちんもく》するランフォード。

王族の証《あかし》である銀色の耳と尻尾《しっぽ》。国王と王弟である二人のそれが、情けなく垂れ下がっているのを見ると、なんとも言えない気分である。

それが実の父親と叔父《おじ》なのだから、尚更《なおさら》だ。

触《さわ》らぬ神に祟《たた》りなし、と言わんばかりに必要な書類を置いては、そそくさと逃《に》げ出す秘書たち。国王と王弟に、生温かい目を向けながら、必要最低限の仕事をこなすようにせき立てる宰相——ヴァーデルの仕事を補佐《ほさ》する傍らで、国王の執務《しつむ》室に漂《ただよ》う辛気《しんき》くさい重苦しい空気に、カークランドは、こっそりと溜息《ためいき》を吐《つ》いた。

王妃《おうひ》と王弟妃の反対を知りつつ、ランフォードとフェリシアンが決闘《けっとう》を行ったあの日。

勝敗が付いたところで現れた王弟妃からの涙《なみだ》ながらの抗議《こうぎ》と、王妃の夜半にまで及ぶ怒濤のお説教は、使用人たちの間で語りぐさになっている。

最初は先王——カークランドの祖父——のところへシェインと子どもたちを連れて家出する、と主張していたノエラの言は、平身低頭したレンフォードが「子どもたちの風邪《かぜ》が治ったばかりなのだし、長距離《ちょうきょり》の移動は可哀想《かわいそう》だ。また風邪がぶり返すかも知れない」という尤《もっと》もな言葉によって、なんとか翻意《ほんい》させることが叶《かな》った。

ほっとしたのも束《つか》の間。

そこで終わらないのが王妃——カークランドの母親——である。

「では、わたくしは出て行きません。その代わりに、貴方《あなた》が出て行ってくださる？」

「……ノエラ？」

「レニーは、しばらくランスのところで寝起《ねお》きをしなさい。わたくしとシェイン様の意見より大事な弟と親交でも深めたらいかが？　貴方とランスはしばらく、奥に立ち入り禁止です」

「ノエラ!?」

「行きましょう、シェイン様。夫たちが兄弟で交流を深めるんですから、こちらは嫁《よめ》同士で交流を深めましょう」

悲鳴のような声でレンフォードが名前を呼ぶのを気にもせず、隣《となり》の黒猫《くろねこ》獣人の肩《かた》を抱《だ》いて王妃はさっさと城の奥——国王夫妻の居城へ引き上げてしまった。

そんな風に伴侶《はんりょ》を連れ去られようものなら全力で反対するランフォードだ。もちろん、その時にも眉《まゆ》を顰《ひそ》めて反対しようとしていたのをカークランドは確かに見ていた。しかし、そんな叔父の動きを封《ふう》じ込めたのは、シェインの菫色《すみれいろ》の瞳《ひとみ》だった。じっと悲しげな瞳で己《おのれ》を見つめる番《つがい》に、思考が停止したらしいランフォードは、言葉どころか動くことすら忘れたように硬直《こうちょく》していた。

結局その場に居合わせたカークランドを含めて、誰《だれ》も立ち去る二人を止めることが出来ずに、そのまま王妃と王弟妃《おうていひ》の背中を見送ることになったのだった。

そして、それ以来、国王は悲嘆《ひたん》に暮れている。普段《ふだん》から無口な叔父はますます言葉を発しなくなった。ただ、近付くだけで息の詰《つ》まるような悲愴感を発し続けている。

簡単に言ってしまえば、夫婦《ふうふ》喧嘩《げんか》の末に国王と王弟が締《し》め出された。そして、王妃と王弟妃が、奥に籠城《ろうじょう》している。そんな敷地《しきち》内別居状態が、決闘の日から数えて既《すで》に五日目だ。

こんな状況《じょうきょう》で、元凶《げんきょう》であるクアンツェとの外交に臨《のぞ》むのは無理というものだ。何より、謝罪と賠償の話ならば、当の本人であるシェインがいなければ話にならない。

しかし、叔父の伴侶の王弟妃は、奥に籠《こ》もったままだ。

まずは、国王と王弟がそれぞれ夫婦喧嘩を終わらせないと、事態の進捗《しんちょく》は見込めなかった。

たかが五日、されど五日。

渋々《しぶしぶ》、ランフォードのところに居候《いそうろう》をしている愛妻家の父が、限界を訴《うった》えるのも仕方がない日数だ。溺愛妻家《できあいさいか》――そんな言葉があるか知らないが、父がそう評していたのでカークランドはそれに倣《なら》っている――の叔父がこの世の終わりのような顔をするのも。

ちなみに父や叔父と違《ちが》い、奥への出入りが許されているカークランドは、それとなく母親のご機嫌《きげん》を伺《うかが》っているのだが、その成果は芳《かんば》しくない。

せめて顔ぐらい見せてあげてはどうでしょう、というカークランドの言葉に母が絶対零度《れいど》の微笑《びしょう》を浮《う》かべたのは昨日の夕食のことである。

「――あら？　これぐらいしてみせないと、他に示しが付かないでしょう？」

微笑んでいる筈《はず》の母の背後から立ち昇《のぼ》る言葉に出来ない威圧感《いあつかん》に、カークランドはそれ以上、父を擁護《ようご》する言葉を紡《つむ》げなかった。「そうかも知れませんね」と呟《つぶや》いて、下を向きながら食事を平らげたカークランドの不甲斐《ふがい》なさを責めないで貰《もら》いたい。父どころか叔父ですら敵《かな》わない相手に、カークランドが勝てる訳がない。

母は強し、である。

泣き言を口にしながらも書類仕事をこなしていく父の器用さに感心しつつ、長椅子《ながいす》で悲愴感を浮かべながら黙々《もくもく》と近衛《このえ》兵団の編制表に手を入れる叔父に恐怖《きょうふ》を抱いていると、執務室の扉《とびら》が叩かれた。

「失礼」

返事をするよりも早く、そんな言葉と共にずかずかと執務室に入って来たのは小柄《こがら》な老医師だった。流行している風邪の対応から、叔父が破壊《はかい》した薬棚《くすりだな》の修繕《しゅうぜん》と、薬品の補充《ほじゅう》。それに加えて、この数日とある質問が一身に殺到《さっとう》していたため、老医師の機嫌は酷《ひど》く悪そうだった。

執務室に足を踏《ふ》み入れて、ダルニエが不愉快《ふゆかい》そうに言い放つ。

「なんだ、この辛気くさい部屋は」

遠慮《えんりょ》も何も無く言い放つ老医師の言葉に、カークランドは内心で全面的に同意した。からりとした冬の乾燥《かんそう》した空気の筈なのだが、この部屋だけ心なしかじっとりと湿《しめ》っているような気さえする。

ダルニエの問いかけに答える元気すら無い国王と王弟を睨《にら》むように見て、老医師がこれみよがしに溜息を吐いた。


決闘のあの日。


ランス、と。

聞き慣れぬ声が、確かに叔父の愛称《あいしょう》を呼んだ。

それは決闘に立ち会っていた使用人を含《ふく》め多くの者たちが耳にしている。

声を失《な》くした王弟妃。

この王城の唯一《ゆいいつ》の猫獣人は、確かに愛する伴侶の名を呼んでいた。しかし、完全に声を取り戻《もど》した訳では無いらしい。それはその後の二人のやり取りから全員が見て取っていた。

――あれはどういうことか。王弟妃の喉《のど》の調子は。お話が出来るのか。

そんな心配と期待が渦巻《うずま》いたが、恐《おそ》らく生まれて初めての夫婦喧嘩で意気消沈《いきしょうちん》している王弟に事情を聞ける者などいない。刃《は》を潰《つぶ》した刀を石の床《ゆか》に突《つ》き立てられるほどの腕前《うでまえ》の騎士《きし》の逆鱗《げき》鱗《りん》に、好んで触《ふ》れようとするような者は、犬獣人の王子たちが去った今は王城内に皆無《かいむ》だ。

なので、疑問の矛先《ほこさき》は王弟夫妻と近しい老医師へと殺到した。

最初は「知らぬ存ぜぬ」で通していたダルニエだが、あまりにも行く先々で同じ質問を投げかけられることに怒《いか》りを爆発《ばくはつ》させて、王城中に轟《とどろ》く声で怒鳴《どな》った。

「喧《やかま》しい！　完治したのなら完治したと言うわ、馬鹿《ばか》者どもがッ！　あの王弟妃が治ったものを治っていないと言う筈も、それを黙《だま》っていられる筈も無いだろうが!!　これ以上、詮索《せんさく》する馬鹿は唇《くちびる》を縫《ぬ》いつけるぞ!!　特に、王弟妃に余計なことを言ってみろ！　二度と儂《わし》の診察《しんさつ》は受けられないと思え!!」

そんな言葉に、ようやく王城の者たちは口を噤《つぐ》んだ。

ダルニエが完治していない、と言うのならば、それは真実なのだろう。この医師は病のことについて、決していい加減なことを言わない。その信頼《しんらい》と実績を先王陛下の時代から積み上げている。

そして、ダルニエが言う通り、王弟妃がわざわざ完治を黙っていると思うかと問われれば、そんなことはしないだろうと王城中の者たちが思った。他者の感情すら読み取れるほど嗅覚《きゅうかく》に優《すぐ》れた王弟を骨抜《ほねぬ》きにしている黒猫獣人が、嘘《うそ》など吐く筈が無い。日頃《ひごろ》の生活態度も謙虚《けんきょ》で素直《なお》な王弟妃が公《おおやけ》にしないということは、その喉は完治していないということなのだろう。

実際あの決闘の場でもランフォードの愛称以外の言葉は、その唇から紡がれることはなく、もどかしげに掌《てのひら》に文字が綴《つづ》られるばかりだった。

ということは、あの呼びかけが異例ということなのだ。

伴侶が危険に身を晒《さら》したが故《ゆえ》に、咄嗟《とっさ》に紡がれた声音《こわね》。

失った筈の音を、形にするほどの必死さ。

つまり、愛か。愛だ。愛だろう。愛だなぁ。愛故か。


——さすが、王弟殿下《でんか》の番。


そう言って王城の者たちは感心し納得《なっとく》し合って、国王と王弟の夫婦喧嘩を見守る態勢に入ったのが昨日のことだ。

カークランドは、王城の他の者たちより、もう少しだけ詳《くわ》しくシェインの喉の状態については聞いている。というか根掘《ねほ》り葉掘り叔父《おじ》とダルニエ医師を追及《ついきゅう》するレンフォードの横で、なし崩《くず》しに話を聞く羽目になったのだ。

ランフォード曰《いわ》く、シェインの喉はほんの少しだけ快復に向かっているらしい。

けれど、長らく使っていなかった喉は、上手《うま》く音を紡げない。叔父の前以外、ダルニエ医師を前にしても言葉どころか音の一つも出すことが出来ない状態らしい。そのためシェインの声を聞いたことがあるのは、今まではランフォード一人きりだったそうだ。

少しばかり快復に向かったとはいえ、シェインが話せるようになったと期待させるのは忍《しの》びない。期待をさせておいて、結局は声を聞かせることが出来ない。それでは失望させてしまうだろうから、黙っていて貰いたい。

そんなシェインの思いを、ランフォードとダルニエが尊重した結果——二人ともその事実を胸に秘《ひ》めていたらしい。

王弟妃の伴侶であることと、その人柄《ひとがら》も相まってシェインは王城の者たちから慕《した》われている。

確かに、僅《わず》かでも声が出るようになったと聞けば、期待をしてしまうのが人情というものだ。

どれほど期待するな、と言われても、それをしてしまう。好きだからこその期待というのは、時に重荷に変わる。だからこその沈黙《ちんもく》だった。

日頃から声を出す練習に付き合っているランフォードにとっても、あんなに大勢の前でシェインが声を出せたのは予想外だったそうだ。

ダルニエ医師の見解としては、ランフォードの身を案じるあまり、他の存在が頭から消し飛んでいたのが原因ではないか、ということだった。

第三者の前だと緊張《きんちょう》や興奮から普段のように体の機能を十全に発揮出来なくなることは多い。

しかし今回は、大切な伴侶しか目に入っていなかった。他を意識することが無いから、シェインは普段《ふだん》紡げない声を紡げたのだろう、ということだった。

——つまるところ、やっぱり愛だ。

細かい事情は伏《ふ》せられているが、王城の者たちが自力でたどり着いたものと殆《ほとん》ど変わらない結論に、カークランドは思わず遠い目をしたものだ。

「ダルニエ医師、何かありましたか？」

　そんなことを思い出しながら、伴侶《はんりょ》と幼い子どもたちに会えない嘆《なげ》きばかりを口にする父と、シェインと引き離《はな》されてからまともに言葉を口にしていない叔父に代わって、カークランドは訊《たず》ねる。

　老医師はカークランドと宰相《さいしょう》に同情するような目を向けてから、言った。

「王妃《おうひ》殿下に診察に呼ばれましてな」

「ノエラがどうした⁉」

　ダルニエ医師の言葉に激しく反応したのは、レンフォードだった。椅子《いす》から立ち上がろうとして、執務《しつむ》机に激しく膝《ひざ》をぶつけて痛みにもだえている。衝撃《しょうげき》で机の上から滑《すべ》り落ちた書類を拾い集めるために、宰相が慌《あわ》てて机に駆《か》け寄っていた。

「母上は元気そうでしたが……？」

　老医師の言葉に、カークランドは首を傾《かし》げた。

　今朝、顔を合わせた時、母の体調は間違《まちが》いなく万全《ばんぜん》だった。妹弟たちもすっかりと元気になって騒《さわ》がしかったし、奥に付いている乳母《うば》も侍女《じじょ》も体調が悪そうには見えなかったが。

　レンフォードの動揺《どうよう》ぶりを呆《あき》れた顔で見やりながら、老医師は溜息《ためいき》混じりに言葉を足した。

「王弟妃殿下の体調が優れないようだから、診《み》てやって欲しいと」

　その言葉に、ランフォードが立ち上がり、新緑色の瞳《ひとみ》を見開いてダルニエ医師に言った。

「――シェインが、どうした？」

　微《かす》かに声が震《ふる》えている。

そんなランフォードの様子に、鼻を鳴らしてダルニエが言った。

「心配いりません。たっぷり眠《ねむ》らせて食事を与《あた》えてやれば、すぐに良くなります。夫婦喧嘩《ふうふげんか》なんて下らないことで体調を崩されては迷惑《めいわく》です。さっさと連れて帰ってやりなさい」

そんな老医師の小言を、最後まで聞いていたのかどうか。

一陣《いちじん》の風が吹《ふ》いた気がして、カークランドは瞬《まばた》きをする。ランフォードがダルニエの横をすり抜《ぬ》けて、あっという間に部屋から姿を消していた。

その王弟の様子に呆れた表情を隠《かく》さないまま、ダルニエ医師は言葉を続けた。

「――それから、陛下。もう奥に入って良いと、王妃殿下からの言付けです」

「先にそれを言ってくれないか!?」

叫《さけ》んだ途端《とたん》に、レンフォードが席を立って、そのまま執務室を飛び出して行った。

残された書類を確認《かくにん》したヴァーデルが、「今日の最低限の仕事は終わっていますな」と呟《つぶや》いた。そして、あれだけ負の雰囲気《ふんいき》をまき散らしながら、ランフォードもきちんと近衛《このえ》兵団の新編制の案をまとめ上げていた。感心すれば良いのか呆れれば良いのか、最早《もはや》分からない。そんな思いで、カークランドはダルニエ医師に訊ねる。

「シェイン様は、お風邪《かぜ》ですか？」

確かに、ここ数日の食事の席に黒猫獣人《くろねこじゅうじん》の姿は見られなかった。母ノエラの威圧《いあつ》が物凄《ものすご》くて、訊ねることは出来なかったが――てっきり怒りのあまり引きこもっているのかと思ったが、そうではなかったらしい。

カークランドからの問いに、ダルニエが苦いものでも食べたような顔をする。

「いくら伴侶といえど、風邪を引いている相手のところに、儂が王弟殿下を送り込む訳が無いでしょう。単なる寝不足《ねぶそく》と食欲不振《ふしん》です」

「寝不足と食欲不振？」

――どうして、そんなことに。

疑問に思って聞き返せば、ダルニエが短く言った。

「ただの恋患《こいわずら》いです。心配せんでよろしい」

その言葉にカークランドは沈黙して、首を傾げる。言葉の意味を理解出来ずに、宰相の方へ視線をやれば、ヴァーデルはまとめた書類を手に不思議そうな顔をして硬直《こうちょく》していた。

カークランドはぎこちなく、ダルニエ医師を見返して言う。

「恋患い？」

「そうです」

老医師は当たり前の顔で返事をする。それに思わずカークランドは問い返していた。

「恋患い、とは？」

「恋の病のことです」

一瞬《いっしゅん》、沈黙してカークランドはゆっくりと事実を確認するように言う。

「シェイン様が、恋患いで体調を崩されている？」

「そうです。全く……一度なっているというのに。懲《こ》りずに同じ相手に同じ症状《しょうじょう》でひっくり返るのだから。本当に手がかかりますな、あの二人は」

呆れた顔で息を吐《は》くダルニエの言葉を上手く飲み込めない。自分の頭が悪いのだろうか、と自問しながらカークランドは質問を重ねた。

「ダルニエ医師……すみません、誰《だれ》が誰に恋患いを？」

カークランドからの問いに、ダルニエが軽く眉《まゆ》を上げて言う。

「王弟妃《おうていひ》が王弟殿下に対してに決まっているでしょう」

「……はい？」

やはり意味が上手く飲み込めずに、カークランドは棒立ちになった。

シェインがランフォードに恋患い？

あの二人は初めての夫婦喧嘩の真っ最中ではなかっただろうか。

それなのに、恋患い？

そもそも、別居といっても所詮《しょせん》は同じ城の敷地《しきち》内のことである。そんな近距離《きんきょり》で、どうやって相手のことを想《おも》いすぎて眠れないほど、物が食べられないほど思い悩《なや》むようになるのか。

意味が分からない。

確かに、叔父と番《つがい》になって以来、あの二人がこんなに長く離れていることは無かっただろうけれど。しかし、それにしたって。そもそも、片思いや恋人同士ならばともかく、立派な夫婦なのである。

それなのに――恋患いとは？

頭の中に渦巻《うずま》く疑問のために、硬直しているカークランドに、ダルニエ医師が疲《つか》れたような声で言う。

「儂《わし》は何度も言っておるが、あの二人は似た者同士ですからな。そうでないと二度目の匂《にお》いづけだなんてものに耐《た》えられる訳が無いでしょう。あの二人については、あまり深く考えないことをお勧《すす》めしますぞ」

衝撃的な事実をさらりと告げた老医師は、他の患者《かんじゃ》が待っていると言いながら、足早に執務室から立ち去っていった。

頭痛を覚えて、カークランドはこめかみの辺りを擦《さす》りながら宰相の方を振《ふ》り返る。宰相も珍《めずら》しく疲れたような表情を隠さないまま、手元の書類をまとめて言う。

「……愛ですかね」

「……愛なのかな」

よく分からないが、たぶん愛という奴《やつ》なのだろう。きっと。

宰相と顔を見合わせてから、カークランドは——呆れと脱力感《だつりょくかん》と、それからほんの少しの安《あん》堵《ど》を込めて、大きく溜息を吐いた。

犬獣人の双子《ふたご》の王子たちと共にやって来た冬の騒動《そうどう》の終わりは、どうやら近いらしかった。

＊＊＊＊

――恥《は》ずかしすぎる。

穴があったら入って埋《う》まりたい。そんな思いがぐるぐると頭の中で回っている。

穴に入る代わりに頭まですっぽりと布団《ふとん》に包《くる》まって、寝台《しんだい》の上で丸くなるシェインのことを、小さな王女王子たちが心配げに見つめている。

「シェイン様、大丈夫《だいじょうぶ》？」

「シェイン様、お風邪？」

「おなかいたい？」

「のどいたい？」

「いたいー？」

マリア、サラ、スーザン、ミュリエル、エリン。

五人の幼気《いたいけ》な声に気遣《きづか》われて、どうにも居たたまれずにシェインは、そろりと布団を頭から外して、ふるふると首を横に振った。

その様子に、子どもたちがそれぞれ安心したような表情を浮《う》かべる。ひょっこりと寝台の縁《ふち》に乗り出して、顔だけを覗《のぞ》かせる五人の子どもたちの様子は、とても可愛《かわい》らしい。

ふにゃりと困ったように眉を下げていると、末娘《すえむすめ》のナターシャを抱《だ》いたノエラが乳母と侍女を供にしながら、部屋の中に入って来た。

心配げな子どもたちを見て、微笑《ほほえ》む王妃の顔は、どこまでも明るい。

「大丈夫よ。今、シェイン様のとっておきの元気の素《もと》が飛んでくるから」

そう言って笑うノエラがシェインに向ける瞳は優《やさ》しい。

元気の素、という聞き慣れない言葉に、子どもたちが首を傾《かし》げている。それを見ながら、どうしようもなく居たたまれなくなって、シェインは耳を伏《ふ》せたまま再び頭まで布団を被《かぶ》った。

決闘《けっとう》の後、王妃の怒濤《どとう》の説教が終わって。シェインはノエラに連れられて、王城の奥——国王夫妻の住居の客室で世話になっていた。

ランフォードが自分のために、その身を危険に晒《さら》そうとするのが、とてつもなく嫌《いや》だった。心配で堪《たま》らなかった。そして、シェインに隠して決闘が行われたということに驚《おどろ》いて、何より心配で、悲しくて——なんだかもう、どうしたら良いのか分からないほど、頭の中がぐちゃぐちゃになってしまった。決してランフォードを責めたい訳ではない。それでも、何かが起こった時に——その原因がシェインだった時に、事態を知らされるのが一番後だなんて、そんなのは嫌だった。

番なのだから。

ランフォードはシェインのものだという。シェインもランフォードのものだ。それなら、こんな大事なことは一番に知らせてくれないと、嫌だ。

どれだけ怖《こわ》くても、どれだけ心配で、嫌なことでも——ちゃんと確かに見届ける。

それぐらいの覚悟《かくご》をシェインはしていた。

けれど、あれほどシェインの心を読み取ることに長《た》けているランフォードに届いていなかったようで。何も見せずに知らせずに、全《すべ》てを終わらせてしまおうとランフォードが判断をしたことが悲しくて、どうしても一緒《いっしょ》にいられなかった。心配をかけたくないからという理由で、全てを隠《かく》されてしまうことの方が、よほど悲しいし辛《つら》い。

思われていることは分かっている。けれど、これから先も同じような状況《じょうきょう》に陥《おちい》った時に、またランフォードが同じことをするのかと考えるだけで胸が潰《つぶ》れてしまいそうで。

何一つ頭の中の感情がまとまらずに、ぐちゃぐちゃでどうしようもなくて。

そんなシェインの心境に寄り添《そ》ってくれたのがノエラだ。

「ランスに言いたいことが、ちゃんとまとまるまで、シェイン様はこちらにいなさい。ランスは今までシェイン様の愛情に甘えっぱなしだったんだから、少しぐらいお灸《きゅう》を据《す》えてやって良い頃合《ころあ》いよ。――知っていて止めなかった、レニーもね？」

悪戯《いたずら》っぽく微笑む王妃の言葉に有り難《がた》く頷《うなず》きながら、ようやく興奮して混乱していた頭の中が落ち着いてきたのは思ったよりもすぐのこと。

――そして、シェインが一番に覚えたのは、伴侶《はんりょ》の新緑色の瞳《ひとみ》が間近に無いことの寂《さび》しさだった。

ノエラの提案とはいえ、それを有り難く受けたのは自分だ。そんな自分で作り上げた状況だというのに、日常のどの部分にもランフォードがいないというのは、シェインにとって思いの外苦しいことだった。

すっぽりとシェインの体を抱き締《し》めてくれる腕《うで》が。

愛していると何より雄弁《ゆうべん》に語ってくれる瞳が。

壊《こわ》れ物を扱《あつか》うように繊細《せんさい》に触《ふ》れてくれる指先が。

シェイン、と何度も何度も呼んでくれるその声が——身近にいないということに、シェインの体調はみるみる内に悪くなっていった。

夜眠《ねむ》れない。食べ物の味がしない。だから、食欲が落ちる。胃のあたりが、重くなったようで、空腹を感じない。眠気が、少しもやって来ない。ただ、ランフォードのことをぼんやりと思い出している。

——情けないにも程《ほど》がある。

遂《つい》に一晩泣き明かしてふらふらと食堂に出向いたところで、血相を変えたノエラが問答無用にシェインを寝室に押し戻《もど》して、すぐにダルニエ医師を呼び出した。

診察《しんさつ》に出向いた医師は、たどたどしいシェインの説明と症状を聞いてから、深く溜息《ためいき》を吐き出して静かに言った。

「二度も恋患《こいわずら》いで倒《たお》れる奴があるか、馬鹿《ばか》者め。——前はともかく、今回は両想いなのは明白だろうに。猫獣人《ねこじゅうじん》が器用だとは聞くが、こんなところで妙《みょう》な器用さを発揮せんでよろしい」

心底呆《あき》れた医師の言葉に、シェインは尻尾《しっぽ》を丸めて項垂《うなだ》れるしか無かった。

シェインの不調の原因が「恋患い」と聞いた王妃は、ちょっと驚いたように目を見開いて、それから羞恥《しゅうち》で布団を被ったシェインを思い切り抱き締めて叫《さけ》んだ。

「可愛すぎるわよ、シェイン様！　ランスには勿体《もったい》ないわ!!」

シェインが羞恥のために、ますます縮こまったのは言うまでも無い。

伴侶と離《はな》ればなれという条件は、ノエラだって同じ筈《はず》だ。

それだというのに、ノエラは元気に育児をこなし、シェインの世話まで焼いてくれている。

比べて、伴侶恋しさに病《や》みつく自分の不甲斐《ふがい》なさにシェインが気持ちを落ち込ませていると、それを悟《さと》ったらしいノエラがナターシャを乳母《うば》に預けてから、毛布越《ご》しにシェインの頭を撫《な》でて言う。

「シェイン様？　わたしとレニーは、一番上の子どもが成人するほど一緒にいるのよ？　一緒にいられるのが一番だけれど、少しぐらいは我慢《がまん》が出来るわ。それぐらい愛されてきた時間が、不在を埋めてくれる思い出が、ちゃんと心の中にあるもの」

そろりと毛布から顔を覗かせれば、穏《おだ》やかにシェインを見つめる茶色の瞳があった。

「シェイン様とランスは、まだまだ新婚《しんこん》なんだから。恋しくて堪《たま》らなくなったって、誰《だれ》も責めたりしないわよ。――ちゃんとランスに言いたいことはまとまった？」

こくり、と頷けば、にっこりとノエラが笑う。

「なら、今回はそれを思いっ切りぶつけてやりなさい」

大丈夫よ、と朗《ほが》らかに笑うノエラの顔にシェインは見惚《みと》れる。

茶色の瞳が悪戯っぽく輝《かがや》く。

「可愛い義弟《おとうと》たちのためなら、わたしはいくらだって手を貸すわよ」

じわり、と心が温かくなる。ランフォードの前では、なんとか音を発せられるようになった喉は、ひきつったような感覚がして、やはり望んだ言葉を出してくれない。そろそろと体を起こして、毛布から体を出したシェインが、もどかしそうに眉《まゆ》を寄せれば、ノエラが察したように手を差し出した。

ランフォードのものとは違《ちが》う——華奢《きやしや》な女性の掌《てのひら》に、シェインはそっと文字を綴《つづ》る。

ありがとうございます。

お礼の言葉。

それを綴って、少し迷ってから、指先で躊躇《ためら》いがちに呼びかけを足す。

あねうえ。

ノエラが目を見開いて、固まる。

その反応にシェインはおろおろと尻尾をさ迷わせた。馴《な》れ馴れしすぎただろうか、と心配になっているシェインに、ノエラが満面の笑みを浮かべて言う。

「もう——本当に可愛いんだから、シェインは!!」

いつも必ず「シェイン様」と呼ばれていた、その敬称《けいしよう》が外れた。

それに気付いて瞬《まばた》きをしたところで、思い切り抱き締《だ》められる。柔《やわ》らかな感触《かんしょく》に瞬きをしていると、マリアとサラが心配げな顔をして言う。

「母様、叔父様《おじ》が怒《おこ》らない？」

「叔父様、泣いちゃわない？」

まだ匂《にお》いづけの意味を理解していないスーザンとミュリエルが、寝台の横で飛び跳《は》ねているのが見えた。それに釣《つ》られて、エリンもぴょんぴょんと飛び跳ねている。

「かーさま、ミューも、するー！」

「かーさま、スーも‼」

「ぎゅー‼」

そんな声に抱擁《ほうよう》を解いたノエラが、悪戯っぽく笑いながら子どもたちを見回した。

「そうねぇ、あんまり叔父様を怒らせるとシェインが大変ねぇ。だから、ぎゅーは父様にしてあげましょうか？　皆《みんな》でね？」

「父様⁉」

「父様に会えるの⁉」

「とーさま！」

「とーさま、どこー⁉」

「ぎゅーするーッ」

そんな子どもたちの声を聞いている内に、王城の奥に似合わない荒々《あらあら》しい足音が近付いてくる。シェインの耳がぴんと立って、視線が扉《とびら》の方に向けられる。胸の鼓動《こどう》が速くなっていく。

だんっ、と激しい足音と共に姿を見せたのは、珍《めずら》しく息を切らしている——ランフォードだった。

シェインの、番《つがい》の、姿。

新緑色の瞳が、真っ直《す》ぐにシェインの方を見て。それから、その唇《くちびる》が名前を呼んだ。

「シェイン」

自分から手を伸《の》ばして、飛びついたのか。

それとも、ランフォードが自分のことを引き寄せて抱き上げたのか。

その辺りの記憶《きおく》は定《さだ》かではない。

ただ確かなのは、いつの間にかシェインはランフォードの腕の中にいて、これでもかというほど相手の体に強く抱きついていたということだった。

＊＊＊＊

寂しかった、会いたかった。

怖《こわ》かった、悲しかった。

恋しかった。

頭の中に、そんな言葉が飛び込んでくるようだった。

甘えるでもなく、ただただランフォードの存在を確かめるように、腕を回して正面から抱きついて来るシェインの体を抱き締め返す。ここ数日、一人きりで眠っていた寝台に、ようやくあるべき存在が帰ってきた安堵《あんど》に体中から力が抜《ぬ》けそうになる。

まるで本物の猫のように、するりと首元に頭をすり付けるようにして、シェインがランフォードの体に全身で抱きついてくる。


――大好き。好き。愛してる。


言葉よりも、ずっと雄弁に伝わってくる感情に目眩《めまい》がしそうだった。

それでも、その目元に出来た隈《くま》を見ると、ランフォードの心はどうしようも無く痛む。

誰よりも何よりも大切にしたい番の心を、よりにもよって自分がここまで乱したのだと思うと、息が出来なくなりそうな気さえする。

「シェイン――すまない。すまなかった。私が悪い。もう、しない。二度と。絶対に。すまない。だから許してくれ」

まるで幼い子どもがする約束のような拙《つたな》い言葉しか吐《は》き出せない自分が、もどかしくて仕方がない。

荒事に慣れていない番の前で、それを見せるのは気が進まなかった。

何より、あの犬獣人《いぬじゅうじん》の王子の前に、もう一度シェインを連れ出すのが嫌《いや》だったのだ。

シェインの心のことなど欠片《かけら》も気にしない、自分は絶対に愛されるという自信を持った、傲《ごう》慢《まん》な王子。

伴侶《はんりょ》と無理矢理《むりやり》に引き離して乱暴をして来た相手を、心から愛する者などいる筈もないだろうに、そんなことを考えもしない。まるで自分の「もの」だと言わんばかりの目で、シェインを見つめることが許し難《がた》かった。

単なるランフォードの独占欲《どくせんよく》だ。そして、何よりランフォードに傲《おご》りがあったのは確かだ。自分が負ける筈が無い、と。実際、結果はその通りだった。しかし、それはやはり結果論だ。

物事が終わるまで——何も確実なことなど無い。

腕《うで》の中のシェインの体を確かめるように抱き締《し》め返す。

自分のために番を危険な目に遭《あ》わせたくないというのは、当然の感情だ。そして、自分の目の届かないところで番が危険な目に遭っていたとしたら悔《く》やんでも悔やみきれない。

——だから、せめて、見届けたい。

シェインと同じ立場であれば、ランフォードだってそう思う筈だ。距離《きょり》を取れば、容易《たやす》く分かる筈のことをランフォードは見失っていた。

シェインの気持ちを、ランフォードは踏《ふ》みにじってしまっていた。

あの決闘《けっとう》の後に、飛び込んできたシェインの悲しみは、言葉では言い表せない。

心配と悲しみと、何より傷ついたと主張するその匂いに、ランフォードはまともにかける言葉を持てなかった。シェインを傷つけてしまった自分の行いに、愕然《がくぜん》とした。

万が一、億が一。

ランフォードが負けていれば、シェインは何も知らされぬまま、あの犬獣人の王子のものになっていたのだ。

それがどれほど恐《おそ》ろしく苦痛なことか。考えるだけでも想像を絶する。そんな可能性を僅《わず》かにでも相手に与《あた》えていた自分の傲《おご》りに気付かされて、言葉が出てこない。

「――シェイン、許してくれ。すまない」

ダルニエ医師からシェインの体調が優《すぐ》れないと聞かされた時、心臓が止まるかと思った。反射的に駆《か》け出した先。匂いを頼《たよ》りにたどり着いた先で見つけた菫色《すみれいろ》の瞳《ひとみ》が、欠片でも嫌悪《けんお》を浮《う》かべていたら――たぶんランフォードは呼吸の仕方も忘れてしまっていただろう。

伸ばした腕に、迷い無く飛び込んできてくれた華奢な体を、再び抱き締められたことに感謝の念しか浮かばない。

「ランス」

ランス、と小さく繰《く》り返しながら、シェインが恐る恐るというように背中に回していた手を片方離《はな》した。

さ迷う手を掴《つか》まえて、掌に導けば、指先が文字を綴る。

ぼく、ちゃんと、つよくなるから。

指先が、意思を綴《つづ》る。

その言葉にランフォードは息を呑《の》む。シェインの菫色の瞳に宿る意思と、凛《りん》とした——美しいほど鮮烈《せんれつ》な嘘偽《うそいつわ》りの無い決意が、全《すべ》てを奪《うば》い去っていく。

だから、おいていかないで。

付け加えられた懇願《こんがん》に、どうしようもなくなってシェインの指を絡《から》めるようにして手を握《にぎ》りながら、ランフォードは言う。

「——君は十分に強い。私よりも、よっぽど」

ランフォードの言葉に、訝《いぶか》しげにシェインが首を傾《かし》げる。

そんなシェインに対して、ランフォードは新緑色の瞳を細めて言った。

「強くならなければいけないのは、私の方だ」

そう言いながら口づけを落とす。

ランフォード一人を、迷わずに選び取ってくれる強さのために。

逃《に》げ出すことなく、全てを見届けてくれる覚悟《かくご》を決めている——世界で何より大切な相手のために。ただ守られるだけではなく、隣《となり》に並んで立ちたいと。そう言ってくれる番のために。

──閉じこめて大切に守るだけでは、いけない。

そんな簡単で大事なことを痛感して、気付かされた。

「ランス……？」

不思議そうに名前を呼ばれるのに、ランフォードは目を細めて言う。

「許してくれるか、シェイン？」

その言葉に、きょとんと菫色の瞳が瞬《また》いて繋《つな》がれていた手が解かれた。そして指先の文字が言う。

おこってない。

「──そうだな」

思わずランフォードは微《かす》かに笑った。こんな状況《じょうきょう》でも、シェインがまとう香《かお》りに怒《いか》りは含《ふく》まれていなかった。伝わってきたのは、ランフォードに「信じさせる」ことが出来なかった己《おのれ》の弱さを責めるものばかりだ。

悲しい、辛《つら》い。そう伝えながらも、同時にランフォードへの愛情を揺《ゆ》るぎなく伝えてくる相手に、かける言葉を間違《まちが》えていたことに気付いて、ランフォードはゆっくりと息を吐き出しながら、正しい言葉を告げる。

「──もう絶対に、シェインを置いて、勝手な真似《まね》をしない」

一人のことではない。二人のことなのだ。だから、二人で乗り越《こ》えるべきだ。

「だから私と一緒《いっしょ》にいてくれ」

その言葉にシェインがくしゃりと顔を歪《ゆが》めて、ランフォードの背中に両手を回した。

「ランス」

「ああ」

「ランス」

「うん」

「すき……」

小さく告げる声。

今、シェインが持っている精一杯《せいいっぱい》の愛の言葉に鼓膜《こまく》を震《ふる》わせながら、ランフォードは離れてしまった五日の間に薄《うす》れてしまった匂《にお》いを上塗《うわぬ》りするように口づけて告げる。

「愛している」

ずっと、これからも。

たかが五日。されど五日。

その空白を埋《う》めるように、体を寄せて、唇《くちびる》を交《か》わす。

愛《いと》しい番《つがい》の香りに、ランフォードは存分に溺《おぼ》れた。

END

あとがき

こんにちは、貫井《ぬくい》ひつじです。本作品をお手にとって下さり、ありがとうございます。本作品は、角川ルビー文庫既刊《きかん》「狼殿下《おおかみでんか》と身代わりの黒猫恋妻《くろねこいづま》」「狼殿下と黒猫新妻の蜜月《みつげつ》」の続編です。シリーズとして考えると、三作品目のお届けとなります。前作「狼殿下と黒猫新妻の蜜月」がちるちる様が開催《かいさい》する「BLアワード2024」にノミネートをしていただくなど、シェインとランフォードを優《やさ》しく見守って下さる読者の皆様《みなさま》のお陰《かげ》で、また二人と再会することが出来ました。改めて感謝申し上げます。

「こんなお話、どうですかね？」とプロットを恐《おそ》る恐る送付したところ、「良いですよ〜」と快くOKを出して下さった担当編集様、的確なご指摘《してき》、いつも目から鱗《うろこ》です。本当にありがとうございます。

そして、またまた挿《さ》し絵《え》を担当してくださった芦原《あしはら》先生。ありがとうございます。ランフォードの格好良さに「イイ男だなぁ！」と驚《おどろ》くのはいつものことですが、今回は特にシェインの可愛《かわい》らしさに「可愛い……！」と胸を押さえた貫井です。本当に、素晴《すば》らしい二人をありがとうございます。

最後のページまで、お付き合い下さりありがとうございました。

また、皆様にお会い出来る日が来ることを心から楽しみにしています。

貫井ひつじ

KADOKAWA
RUBY BUNKO

狼《おおかみ》殿下《でんか》と黒猫《くろねこ》愛妻《あいさい》の献身《けんしん》

貫井《ぬくい》ひつじ

角川ルビー文庫　24120

2024年4月1日　初版発行

発行者――山下直久
発　行――株式会社KADOKAWA
〒102-8177　東京都千代田区富士見2-13-3
電話 0570-002-301（ナビダイヤル）
印刷所――株式会社暁印刷
製本所――本間製本株式会社
装幀者――鈴木洋介

ISBN978-4-04-114492-3　C0193　定価はカバーに表示してあります。

◇◇◇